求饶着大兴，众亲显得了，将金玲的人杀害着见金玲的猎手刘解明
玲第一个人垂泪。江对金玲说，往后谁要再敢多嘴多舌我
害谁的眼珠子给你看

期到了。夜里，金玲躺在床上腹疼得睡不着觉。捱到后
冬的撑不住了。江忙穿上衣服从门后摸了根顶门棍走出
朝同口。江一个人默默地站着。天上的星星不知躲到
去了。江看见月亮贴在金丝绒一样的夜幕上。月亮又
好的月亮呵。这时候江听见邻居大兴喊。抓贼！抓
见一个人影从大兴家里跑出来。江回过身去。一棍
江正要再抡第二棍子时，听见"噗"地一声闷响，
冰凉的。一把三角匕首插在他的小肚子上
头的动静，连急带怕，动了胎气。当晚生下了

一个城里男人来找过金玲好几回。金玲说当
也不鬼地回到村子。要不是江肯娶我，我早
了。那时候你吓得连面都不敢露。城里男
怠。娇你是乡下人，要死给我看。现在
的份上，跟我走吧。金玲死活不走。城
一个人走了。回
子里糟蹋人。就
里男人又回到
令说。我这一
你分开了。
飞，也是娘
金玲把儿
桌上放
盖，还
的手
出了

非

1+1工程

1+1
GONG
CHENG
第二辑

月光下的门

刘黎莹

百花洲文艺出版社
BAIHUAZHOU LITERATURE AND ART PRESS

图书在版编目(CIP)数据

月光下的门 / 刘黎莹著. —南昌:百花洲文艺出
版社,2013.5(2018.12 重印)
(微阅读 1+1 工程)
ISBN 978-7-5500-0617-1

Ⅰ.①月… Ⅱ.①刘… Ⅲ.①小小说—小说集—中国
—当代 Ⅳ.①I247.8

中国版本图书馆 CIP 数据核字(2013)第 098441 号

月光下的门

刘黎莹 著

出 版 人:姚雪雪
组稿编辑:陈永林
责任编辑:赵 霞 杨 旭
出 版:百花洲文艺出版社
发行单位:全国新华书店
印 刷:北京柯蓝博泰印务有限公司
开 本:700mm×960mm 1/16
印 张:12
版 次:2013 年 8 月第 1 版
印 次:2018 年 12 月第 3 次印刷
字 数:125 千字
书 号:ISBN 978-7-5500-0617-1
定 价:29.80 元

赣版权登字:05-2013-242

前　言

　　以"极短的篇幅包容极大的思想"，才能够以小胜大，经过读者的阅读，碰撞出思想的火花，震撼人的心灵。正因为这样，微型小说成为一种充满了幽默智慧、充满了空灵巧妙的独特文体。

　　如果说在二十一世纪的头一个十年，是互联网大大改变了我们的生活，那么在我们正在经历的第二个十年里，手机将更为巨大地改变我们的生活。如今，以智能手机为平台，正在构成一个巨大的阅读平台。一种新的阅读方式正不知不觉地走进大众的生活。一个新的名词就此产生，它便是"微阅读"。微阅读，是一种借短消息、网络和短文体生存的阅读方式。微阅读是阅读领域的快餐，口袋书、手机报、微博，都代表微阅读。等车时，习惯拿出手机看新闻；走路时，喜欢戴上耳机"听"小说；陪人逛街，看电子书打发等待的时间。如果有这些行为，那说明你已在不知不觉中成为"微阅读"的忠实执行者了。让我们对微型小说前景充满信心和期待的是，微型小说在微阅读的浪潮中担当着极为重要的"源头活水"。

　　肩负着繁荣中国微型小说创作、促进这一文体进一步健康发展的责任和使命，微型小说选刊杂志社推出了"微阅读 1＋1 工程"系列丛书。这套书由一百个当代中国微型小说作家的个人自选集组成，是微型小说选刊杂志社的一项以"打造文体，推出作家，奉献精品"为目的的微型小说重点工程。相信这套书的出版，对于促进微型小说文体的进一步推广和传播，对于激励微型小说作家的创作热情，对于微型小说这一文体与新媒体的进一步结合，将有着极为重要的作用和意义。

编者

2014 年 9 月

目 录

父亲的秘密

林辉患了缠手的病。是肾病。

他在医院里靠投透维持生命。

林辉不想治了。

家里的钱也都花光了。

林辉的父母说了，就是砸锅卖铁也要治。

现在的麻烦不光是钱的问题，是林辉需要换肾，又找不到肾源。父母一边四处打探肾源，一边东家西家地凑钱。

林辉有好几天没看见父亲了。

林辉不放心，母亲告诉林辉，说你爸去了外地的亲戚家借钱去了。

林辉的情绪就有些失控。一会儿把护士送来的药片扔掉，一会儿又要拔打吊瓶的针管子。这一切都被和林辉同住一个病房的病友李亮看在眼里。李亮示意林辉的母亲到外边休息一会儿。

李亮劝林辉："有病最怕的是心情烦躁。病来之，则安之。你这样折腾对病情非常的不利。"

林辉就垂了头。

林辉好像安静了许多。

林辉再抬起头时，竟有些眼圈儿发红。

林辉对李亮说："我真羡慕你。听说你和你父亲的肾移植配型检测结果出来了。后天你就要做换肾手术了。可我到现在还没找到肾源。有亲生父母真好。"

李亮不解地问："难道你不是亲生父母？"

林辉摇摇头："不是。我是他们抱养的。我的父母死于一场车祸。后来，现在的养父养母就一直把我带大。不知为何，这几天一直没看到我和养父母

的肾移植配型检测结果，不知是配型成功，但他们害怕不敢手术还是配型不成功……"

李亮说："别灰心！要坚持！一定会找到肾源的！如果我手术成功能活下来，一定呼吁我的家人和朋友来帮你！"

林辉感激地望着李亮，说："平时看不出不一样，到了性命攸关的时候，有血缘和没血缘的父母就是不一样啊。"

李亮说："你爸不是到外地借钱去了吗？"

林辉说："打我记事那天起，就没听说过我们家有外地的亲戚。"

李亮说："你的意思是你爸放弃对你的治疗？"

林辉说："不知道。总之这几天我就一直没见我父亲来过。"

又过了几天，李亮的肾移植手术做得非常成功。林辉的母亲告诉林辉，说林辉这两天也要做肾移植手术，已找到肾源了。

林辉问从哪找到的肾源？

母亲吞吞吐吐不想说。

又过了几天，林辉的肾移植配型手术也做得非常成功。

林辉和李亮从此就成了无话不谈的好朋友。他们相互鼓励，说咱们大难不死必有后福。

两人快出院时，李亮问林辉："你知道是谁给你捐的肾吗？"

林辉说："不知道。我问过，一直没问出来。"

李亮说："是我父亲给你捐的肾！"

林辉一头雾水，说："不是你父亲给你捐的肾吗？怎么又成了给我捐的肾呢？"

于是，李亮就给林辉讲了事情的来龙去脉。原来，李亮父亲和李亮的肾移植配型没有成功。林辉的父亲和林辉的肾移植配型也没有成功。

当时，两个都不能为自己儿子捐肾的父亲万般无奈想出一个办法：两个父亲同时再和对方的儿子做肾移植配型检测。

结果让两个父亲惊喜万分！

两个父亲分别能为对方的儿子捐肾！

当时，林辉的父亲不让林辉的母亲把这个结果说给林辉，怕林辉有心理负担。那几天，林辉的父亲除了四处筹钱，还回了一趟老家。父亲把老家的一切都收拾好。把和乡里乡亲借的钱一笔一笔都核实准记在一个小本子上。

他怕一旦出了意外，林辉的母亲再不知借钱的数目。做完这一切。他就悄悄回到医院为李亮捐肾。那几天因为李亮的母亲提心吊胆，一下子病倒了。李亮的父亲只好等妻子病好些后才给林辉捐的肾。李亮的父亲在为林辉捐肾的前几天，被林辉的父亲能给养子捐肾的事深深打动，主动提出来，要把林辉手术不够的钱都由他来出。两个父亲说以后不管两家谁有了困难，另一家都不能袖手旁观……

林辉在知道真相后，什么话也没说。

林辉一个人走到医院的花坛前，悄悄把贴身衣兜里的一张白纸拿出来，然后他的手里就是一大把碎纸片。那是他悄悄背着人写下的遗书。他要好好地活下去。为父亲，也为自己。他的手里的碎纸片像一只只白色的蝴蝶，扑棱着翅膀，欢快地飞呀飞。飞得无影无踪。

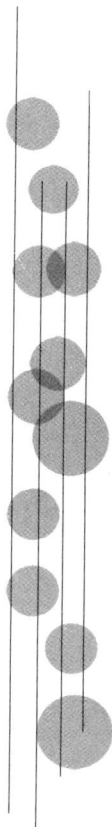

鸟 窝

十几年前，这个故事像长了翅膀，扑扑棱棱一头扎进了我的耳朵。从此这个故事就一直栖息在我的脑海。现在，我来讲给你们听听：

磊和晶热恋时，磊用掉工作后好几年的积蓄给晶买了一枚白金钻石戒指。婚后，晶天天戴着这枚戒指，晶说我会戴一辈子。

可是，世事难料，真的是世事难料。

那天，磊的同学琛来帮着磊订窗纱。琛的手很巧，木工电工钳工，样样精通。干完活儿，琛说回去有事，死活不在磊家吃饭。琛匆匆走后，晶在吃完晚饭时发出一声惊叫！

原来，晶下午在院子里洗澡时把那枚戒指放在窗台上了！可现在却不见了！

两口子拿着手电筒在窗台前照了半天，哪有戒指的影子？

两口子急忙来到磊的家中。磊让琛看看是不是在收拾工具时不小心把戒指一起收进了工具箱。琛忙拿出工具箱，三个人翻了个底朝天，连戒指的影子也没看到。

三个人不欢而散。

回家后，晶对磊说："怪不得当时留琛吃饭，他非要走呢。"

磊说："上学的时候，琛是个人品极佳的三好学生。是不是这几年到了社会上琛变了？"

晶说："咱家是独门独院，今天除了琛，谁也没来过咱家。当时，我的确是顺手把戒指放在窗台上。还有，那天去买戒指时你不是说琛和你一块去的吗？"

磊说："是啊。当时，我为了给你个惊喜，就没告诉你，还是磊帮我挑选的。当时这枚戒指是金店里价钱最贵的了。他还说再过几个月把钱攒够了也给他的女朋友买一枚。"

晶说:"这就对了。人为了爱情有时会昏头的。谁一生不办几件错事?他可能回家就把戒指藏起来了。你们是好朋友,这事不要张扬了。"

磊当时不愿意相信戒指是琛拿的,但磊又实在没有理由反驳妻子。磊只好听从妻子的话,既不和任何人说这事,也有意无意地疏远琛。

一个星期后,琛拿着那枚戒指来找他们俩口子。

琛说昨天晚上他实在睡不着觉,越想越觉得这事蹊跷,从床上爬起来,就把那个木头工具箱给砸了。这一砸,奇迹出现了!很有可能当时收拾工具时戒指滚到了工具箱的缝隙中,因为工具箱是祖上传下来的。上边有很多的裂缝……当时磊两口子就想戳穿,因为两口子去找戒指时,清楚地记得工具箱是个塑料的。

琛仍在说那个工具箱,琛在说这些的时候显得语无伦次。表情也不太自然。虽然琛的话有些破绽,但只要找到了戒指,磊两口子还是没好意思点破。

时光如梭。

一眨眼,十年过去了。

那天,磊刚走进院子,就听到妻的惊叫声!

十年前丢了戒指时妻这么惊叫过一次。莫非家里又出了什么大事?磊有些发毛,未等细问,却见妻领着儿子来到他的面前。磊这才看见儿子胖嘟嘟的小手里攥着那枚丢失了十年的戒指!妻惊讶得话都说不囫囵了,"儿子……上树上掏鸟蛋,在鸟窝里掏出了这枚戒指!"妻边说边把手上的戒指摘了下来,两只戒指一模一样!

这次,磊莫名其妙地大叫一声!

他家这棵大槐树在他记事前就有了,看来当年妻放在窗台上的戒指是被小鸟用嘴衔到了鸟窝!

磊没来得及和妻说话,就跑出了院子。

磊找到了一个女人。这个女人很早以前和琛谈过恋爱。磊说明了来意,说想问一下当年你和琛谈得好好的,为什么会分手?女人说,琛当年背着我借了好多的钱买了一枚戒指,我表妹就在那个金店上班。刚和琛谈恋爱时我让表妹悄悄在远处看过琛一次。琛不认识表妹。那天表妹以为是给我买的,一问才知道不是给我的。琛死活不认账,说他要买也只会给我一个人买。这不是睁眼说瞎话吗?我觉得琛可能在和我谈的同时,还和别的女人有瓜葛,我一赌气就和他分手了……

磊听着听着,大声惊叫了一下!

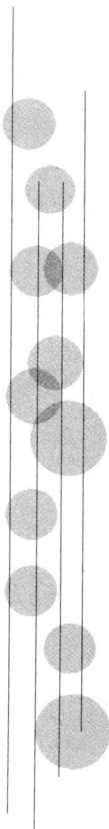

五年前琛病重时，在重症监护室吃力地想说戒指的事。磊不让他说。

磊不想让好同学在临咽气时检讨自己的错误。

磊说："什么都不要说！不要说！"

当时，琛的眼里流出了眼泪，磊的眼里也有了泪花。磊用力握住琛的手。

渐渐地，磊感觉得到，琛的手越来越凉，越来越凉……

陪　伴

　　桐花的手机响了。"喂，你好！你是张桐花同志，对吗？"

　　桐花说："是我，你是哪位？"

　　"我是乐康敬老院的院长。我姓陈。我们院里的李奶奶是位孤寡老人。她老人家挺可怜的。老人家是四川人。听说你也是四川人，我们想招聘一名四川人来照顾李奶奶，不知你能不能来应聘？"

　　桐花很好奇，她在这座城市里无亲无故，她刚来这座城市没几天，这家敬老院为什么会知道她是四川人呢？在她的一再追问下，陈院长才在电话里告诉她：原来，陈院长是在本市一家人才中介公司里的待业人员档案中发现桐花是四川人的。李奶奶因为有糖尿病，眼睛看东西不是很清楚，脑子也一阵清楚一阵糊涂的。老人在意识清醒时，常说她在老家四川有个女儿。老人家说要是能在临咽气之前见上女儿一面，这一辈子就死而无憾了。当初李奶奶来敬老院时一再说是没儿没女的，大伙猜测李奶奶可能是在身体越来越差的情况下思维有些混乱，开始想念家乡才导致老人家说有个女儿的。陈院长看李奶奶可怜，就想了个办法，到各家人才中介公司去打听有没有四川藉的人在本市找工作。桐花就被一家中介公司推荐给了陈院长。陈院长在电话上一再劝说桐花来照顾李奶奶。陈院长说工资待遇各方面都好商量。桐花说："可我现在不想在这座城市里找工作了啊……"

　　听桐花的口气有些犹豫，陈院长在电话里真有些沉不住气了。说"桐花，我们虽是素不相识，但看在李奶奶无儿无女的分上，就来干一些日子吧。看样子李奶奶也没有多少日子了，要是李奶奶哪一天真不行了，你不想干可以随时走……"

　　桐花一边在火车站的售票窗口前排队，一边在电话里听陈院长说李奶奶的事情，当桐花听到陈院长焦急的口气时，桐花有些被这个陈院长感动，桐

花觉得这个陈院长是个热心肠的女人。当她已经排到了售票窗口前时，桐花做了个连她自己都没想到的举动：她把伸向窗口的手又缩了回来，她不想买回老家四川的火车票了，她要去陪和她素不相识的李奶奶。

桐花来到敬老院，见到了陈院长。陈院长高兴得像个孩子一样手舞足蹈："欢迎欢迎！热烈欢迎！桐花，真的是委屈你了，以后你喊李奶奶妈妈好吗？"桐花说："我母亲病故好多年了，再喊别人妈我怕是不习惯……"哪知热心肠的陈院长没等桐花把话说完，就牵着她的手来到李奶奶的床前。陈院长轻轻附在李奶奶的耳边说："李奶奶，你女儿来了，她来看你来了！以后你女儿就不走了，天天在这伺候你好吗？"

桐花的手被陈院长用力攥了一下。桐花知道这是陈院长让她赶紧喊一声妈妈。桐花无论如何喊不出来，把脸都涨红了，只好用四川话说："以后我会好好伺候你老人家的。"

也许是听到了久违的乡音。也许是做梦也不会想到天上忽然掉下个亲生女儿，李奶奶很是激动："妞妞！我的妞妞来了！"

李奶奶临咽气的时候，说："妞妞在七个月大的时候就夭折了。我把桐花认作妞妞，只是被你们的热心肠感动，不想扫大伙儿的兴……"这时，桐花忽然把脸附在李奶奶的耳边，大声喊着："妈妈！我是妞妞！"桐花从手腕上撸下一只玉镯，然后又从李奶奶的枕下摸出了另一只玉镯，天啊！两只玉镯一模一样！

原来，当年桐花因身体不好，丈夫骗她说女儿夭折了。女儿被抱走时，丈夫把一只玉镯放在包桐花的小棉被里。多年前，桐花的养父在快不行的时候，才把桐花的身世说了出来，并把这只玉镯交给了桐花。当时养父告诉她，"我也不知道你的亲生母亲是谁，但人家当时把你送给我的时候，说你的母亲也拿着和这只一模一样的玉镯。"

料理完李奶奶的后事，桐花就神秘失踪了。她给陈院长和大伙留下一封信。信中说，母亲早就不在人世了，是养父把我抚养成人的，直到养父快不行时才告诉了我的身世之谜，说母亲就在这座城市。我只身来到这座城市，想先做保姆工作，再慢慢找母亲。那天我查出自己患了不治之症，我想回到原来生活的地方去接受化疗，却又接到陈院长的电话，我是在帮老人拆洗枕套时，无意间发现那只玉镯的。我本想当时就告诉老人，但又怕老人一时经不起刺激。我没想到的是在帮别人的同时，却无意间帮了自己。信中最后说，我离过一次婚。一直也没生过孩子。我很担心自己身体会撑不到母女相认的那天，我只好每天大把大把地吃药。尽管我的身体很糟，但找到母亲的快乐一直让我强撑着。我没想到竟能撑了五十四天。我决定把个人大半生所积蓄的存款转到敬老院的账户上来。我们母女俩都感谢大伙儿，感谢好人……

看完信，陈院长说认识一个作家，想把这事说给作家，最好是能写成小说。不知现在这事写成小说了没有。

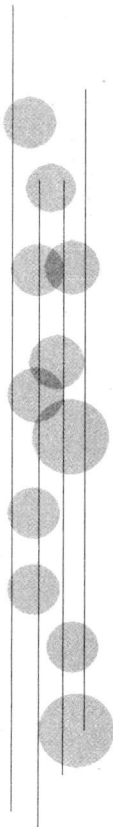

奔腾的狼

他和女朋友在树林里约会，女朋友问他：你平时都有什么爱好？

他说他喜欢吃肉。

女朋友说她也喜欢吃肉。

他说他不光喜欢吃猪肉牛肉羊肉驴肉马肉，他说他还喜欢吃狼肉。

他问女朋友：你是不是喜欢吃狼肉？

女朋友说：天！你连狼肉都吃过？

他说：要是吃过就好了。

他一脸的悲哀。

他又问女朋友：上哪才能吃到狼肉？你能告诉我吗？

女朋友说：能告诉你。过几天就告诉你。

他一直在等女朋友告诉他那个吃狼肉的地方。过了几天，女朋友没来告诉他能吃到狼肉的地方，却让人捎来口信儿，让他另觅芳草去吧。

母亲说：儿啊，你表姨又给你找了一个，去见面说说话吧，可不要再提吃狼肉的事了。

他说：想吃狼肉没什么不对，狼能吃我们人类，我们为什么不能吃狼肉？

母亲说：儿啊，老天爷没说过让人类去吃狼肉的话。老天爷没说过的话，你就不要由着性子乱说。

他说：老天爷也没说过让狼吃人类的话，可狼不还是敢吃我们人类？

他平日里就孝顺，还是记下了娘的话，不再和第二个女朋友说他喜欢吃狼肉的话。

他对第二个女朋友说：我不会去吃狼肉的。你放心。我不会去的。

第二个女朋友不再和他约定下次见面的时间。

母亲说：儿啊，你舅让你去他家一趟，说是他那里有个善良的好姑娘。

他和那个善良的好姑娘在一棵梨树下见面。

他对那个善良的好姑娘说：猪肉能吃牛肉能吃羊肉能吃马肉能吃驴肉能吃，狼肉是不能吃的。你可要记住了。

善良的好姑娘从梨树上摘下一个黄灿灿的梨子。她没舍得吃这个黄灿灿的梨子。她把这个黄灿灿的梨子递到了他的手上。诱人的梨香浸人心肺。他只顾端详黄灿灿的梨子。他再抬起头时，却不见了那个善良的好姑娘。他的眼前躺着几片绿色的梨树叶，是那个善良的好姑娘刚才为他摘梨时掉在地上的。

他回家时手里拿着黄灿灿的梨子。他没舍得吃这个黄灿灿的梨子。他把这个黄灿灿的梨子递到了娘的手上。

娘说：儿啊，娘知道我儿孝顺。娘不光想吃我儿孝敬我的梨子，娘想看见我儿带回家一个媳妇。

他垂了头，不敢看娘，更不敢看娘手上的那个黄灿灿的梨子。

娘说：儿啊，你心里在想些什么？跟娘说说。娘看出来了，你心里是不是装着一些不该装的事？要学会给心腾出空来。

他说：我心里的空大得很，能容一只狼在里边奔跑。

娘就不再拿眼看儿子。

娘的眼一直在看手里黄灿灿的梨子。

那天，娘对他说：儿啊，你姑让你进趟城，你是去还是不去？

他不说去，也不说不去。

娘又问了他一次，他说娘让我去我就去。娘不让我去，我就不去。

娘说：儿啊，娘想让你去一趟。

他说：娘让我去一趟，我就去一趟。

他进了城，老远就看见姑站在路口等着他。他跟在姑的身后，往前走了一程又一程。他知道，姑是在领他去见一个或许漂亮或许不漂亮的姑娘。他这才开了心窗，知道了一件事情，他要是再不和一个姑娘定下来，他就会这样无休无止地被人领着见无数个好姑娘和无数个坏姑娘。他有些急躁，他急躁了也不敢跟他姑说。他敢在心里跟他自己说，他问他自己，你别急躁行不行？他这样跟在姑的后边，一直劝自己别急躁。他不知道那些森林里奔跑的狼急躁了，会不会也和他现在的样子一样。

姑跟他说：到了。姑说到了的时候，他还在一边走一边急躁。姑说你不是想吃狼肉吗？狼就在铁笼里。你问问它让不让你吃它的肉。姑说完这句话，就不再往前走了。他抬头一看，跟前站着的不是一个漂亮的姑娘，也不是一个不漂亮的姑娘。而是一个大铁笼子。大铁笼子里趴着一只狼。

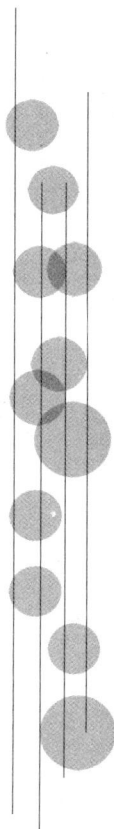

他莫名其妙地不再急躁了。

他有些兴奋。

他说：呵！呵！

狼身上的毛发有些黄，也有些白。他使劲拍手，使劲踩脚，狼懒惰得恨，趴在那里，连屁股都没抬一下。

他惊讶极了。

他问姑：这是不是真狼？别是条狗。

姑指着近处的一条正在东游西逛觅食的狗，说：你看看你看看，笼子里的狼和那条狗一样吗？

不一样。是不一样。他看见狼从大铁笼子里打了个哈欠，站起来，抖一下身上并不漂亮的狼毛，便又像刚才那样趴下了。

他对着笼子里趴着的狼，大声喊：起来！快起来，再不起来，我要扒你的皮，吃你的肉。

笼子里的狼只是看了他一眼，就不再看他了。

他转过身，对着姑说：天！天啊！

姑问他：你是不是还想着吃狼肉？

他说：狼不是这样子的！你们把狼给毁了！你们把我给毁了！

一面之交

　　我和李军是多年的酒肉朋友，我们在一起时，除了喝酒以外，是从不谈生活中的任何问题的。那天，李军又打电话让我去喝酒，喝酒的时候，我发现酒桌上的几个人我全不认识，李军说全是他的好朋友。当时，虽然李军做了介绍，可我一个也没记住他们的名字。看样子，李军本来是要向他的好朋友们隆重推出我的。我没让李军介绍，李军这家伙动不动就把我吹成亿万富翁，好像我是开银行的老板。我从上衣口袋里掏出几张名片，顺手分发给在桌的每一个人，然后便天南海北地胡吹海捧，猛喝一气。喝完，是李军让他的一个朋友开车把我送回家的，我当时迷迷糊糊地在车上睡着了，后来我不知自己是如何上了楼、回的家，又是如何摇晃着上的床。第二天，醒来后，就什么也不记得了，我当时没想到，那个送我回家的人会忽然有一天来找我。

　　那天我听见房门像是被人敲响，但声音不大，时断时续的。我从猫耳里往外看，是个男人。好像我见过这个人，但又想不起在哪见的面，不过有一点我敢肯定：这个人和我并不是很熟悉。

　　我隔着门问他："你找谁？"

　　他迅速说出了我的名字，他说他是李军的朋友。我只好给他打开房门，他说："那天你喝多了，是我把你送回家的，你还记得我吧？"

　　出于礼貌，我只好说："记得。"

　　其实那天我除了在酒桌上把我的名片分给他，可能自始至终连句话我都没和他说过。

　　他样子像是很急，也顾不得坐下，就那么站在我的对面，说："我一直在打李军的手机，可一直是关机，只好来求你了！"

　　我觉得这个人很好笑，我和他只不过一面之交，他竟登门来求我办事，可我碍着李军的面子，再加上他那晚送过我，我装作很热情地问他"你要让我帮你做什么呢？"

他马上脱口而出："你能借我十万元钱吗？"

乖乖，他真把我当做亿万富翁了！我连他姓什么都不清楚，他竟开口向我借十万！也许他发现了我一脸的不悦，马上解释说："对不起，我实在是没办法了。我因为到外边打工，把我女儿留在老家让我母亲看着，不幸的是女儿被车撞了，撞坏了肾，急需换肾，好不容易有人肯卖肾，可我手里的钱实在凑不够。我借了一部分，可还差十万实在没处借了……"

我不等他说完，就拿出手机，给李军打电话，果真李军的手机一直在关机状态。会不会是李军和这家伙联合起来想骗我？为什么平时李军的手机不关，现在却关了呢？看样子他还想做进一步的解释，而我却一脸的不耐烦了，我说："我刚好最近生意不顺，真的没有钱，不要说十万，就是一万我也拿不出来。"说完我就做出送客的样子。这时我看见他悲伤地站在我的对面，眼睛久久地凝视着我，然后，竟有两行泪水顺着他的脸颊流了下来。在那一刻，我几乎被他的眼泪打动，如果他再坚持用那种悲伤的眼神凝视着我，哪怕只再坚持一小会儿，我可能就会答应他的请求了，可是，遗憾的是他没有再坚持下去，他朝我客气地点点头，就走出我家的房门。

我再一次拨打李军的手机，依然是关机，我要是知道李军的家在哪儿，我一定会找到李军问个明白，可我平时和李军很少有联系。我不安地坐在沙发上，坐了很长时间，也没心干别的。这时，我的老父亲从外边下完象棋回来，看我像是有心事的样子，就问我，我就把那个陌生人借钱的事说了，父亲听完，说："我觉得这人不像是个坏人，他可能真的是女儿有病，你要想法再在朋友圈子里打听一下李军的家在哪住，然后你要去找一下李军问个清楚。"

我说："我为什么要这么关心这件事呢？我和这个人只不过是一面之交。"

父亲沉吟片刻，给我讲了个"一面之交"的故事。他说早些年有一个人去乡下的亲戚家喝喜酒，喝完回来不几天，又到另一个乡下去做一桩小生意，一共是去了五个人，结果吃饭的时候，饭店跑堂的小伙子进来倒茶水时，对其中的一个生意人看了又看。当时这个生意人也没在意，过了一会儿，生意人到院落里解手时，那个跑堂的小伙子跟过来，悄悄对生意人说："你快跑吧，再不跑过一会儿你就没命了！"

生意人一脸不解地问："那你为什么要告诉我？"

小跑堂的说："前些日子你在亲戚家喝酒时我们有过一面之交啊。"生意人仔细端详这个小伙子，这才想起来，那次在乡下的亲戚家喝喜酒时确实见

过这个人，要是他不说，生意人是绝对想不起来的。生意人说："我去告诉我的几个朋友们，我们一起走。"小跑堂的说："别！你不能回刚才的房间了，你必须赶紧离开这里！"

生意人想去告诉同来的几个人，又怕这个小伙子是和他恶作剧，那样的话同来的朋友们就会笑话他的，再说大白天的会有什么危险呢？但小伙子还是很着急地催他，说："你快走！快走！你要是不信，可以过一会再过来。"

生意人只好一个人先走了，他在乡下的街头转了好几圈，也没什么好玩的地方，他越想越觉得那个小跑堂的是在耍他，就再也不想在街上闲逛了，于是他就回到了刚才的小饭店，一看，吃饭的包间里血流成河，几个同来的生意人全被砍死了……

我问父亲："这个故事是真的吗？"

父亲看着我，看了半天，一字一句地说："千真万确，我就是那个被救的生意人啊！如果那时我不能脱险，哪有后来的你啊？"

我明白了父亲的意思，我说："这几天我正在忙一笔生意，实在不能耽搁，过几天我忙完了，一定会过问这件事的。"

三天后，我忙完了手头的生意，找出李军的手机号，我想问一下：如果真是那个人的女儿有病，我准备把钱汇给他。这次一打就通了，我把想法说了一下，李军长长地叹了口气，说："其实当时他也实在是走投无路，刚好赶上那几天我和老婆吵架，一气之下我就在外边混了一段日子。怕老婆找我的麻烦，我一直没开机。他连续几天里四处求人借钱，甚至也向几个仅有一面之交的人借，因为他听爷爷讲过一件事，他的爷爷曾经因为和一个人有一面之交而出手相救，才使那人没有在饭店的包间里被生意上的仇家杀死，他爷爷说，一面之交是一个人命运中的缘分，所以，他才厚着脸皮找你借钱的，他是想碰碰运气……"

我听到那人的爷爷救人的事后猛地心中一动，问："他爷爷救的是一个怎么样的人？"

李军说："他讲，他爷爷救的那人眉毛间有个不小的黑痣……"

我来不及再听李军说下去，天啊，这个世界真是太小了，太不可思议了，因为我父亲的眉毛间就有一个不小的黑痣，那人的爷爷救的就是我的父亲呀！我当即对李军说："你转告那人，我马上把钱汇给他！"

电话里，李军沉默了，好久才开了口："不用了，我也是出差回来后才

知道的消息，他的女儿在两天前就病故了，如果当时凑够了钱，他的女儿就不会死了，唉!"

那一刻，我拿着手机，望着身边的父亲，一时不知说什么才好，满眼都是擦不完的泪水……唉，人这一辈子并不是都能有过一面之交的经历，那是要有好多解释不透的玄机促成。如果我的父亲和那个跑堂的没有一面之交，这个世上就不会有今天的我了。如果那天我能够珍惜和那个送我回家的人的一面之交，也许他的女儿就不会丢掉生命。同是一面之交，人家当年救了我父亲的生命，我今天却硬是没能帮那个人救下他女儿的生命。看来人活在世，千万不要小看了这不起眼的一面之交。

第八种结局

父亲去打豆浆，回家宣布了一条刚听说的新闻："凤凰河大桥下边淹死了一个老头儿。"

奶奶说："好好的谁愿意死？鸟雀都知道贪生，一定是后辈不孝，自寻短见呗。"

爷爷说："要说寻短见，我想起了以前古书上讲过的一件事。"

爷爷就讲，说是从前有一个瞎老头儿，死了老伴。儿子出去做生意挣钱，儿媳耐不住寂寞，找了一个相好的。两人打得火热，日子久了，瞎老头儿也知道了。老头儿想劝儿媳又没法开口。儿子回来，瞎老头儿就劝儿子不要再出去做生意了。

瞎老头说："一家人守在一起，挣稠的吃稠的，挣稀的吃稀的。在一块儿过日子有多好。"

儿子听不进去，又要离家出去做生意。

儿媳也发现公公知道了她的事，就很着急地问相好的："这可如何是好呢？"

相好的就想出了一条妙计，让她解开上衣扣子，把一只猫揣在胸前。结果猫把儿媳的前胸抓出了一道道的血痕。

儿媳哭着跑到男人的跟前，说是公公要对她非礼，她不依，就被抓破了。

儿子不信，说："父亲要真那样，就不会劝我留在家了。"

媳妇说："他是怕我告状，故意这么说糊弄你的。"

儿子就去问父亲。

结果，当天晚上瞎老头儿就投河自尽了。

讲完，爷爷说："没准凤凰桥下的老头儿是不想看儿孙的脸色才自尽的。"

爷爷说完就去阳台上吸烟去了。

母亲从厨房里洗完碗出来，说："也许这个老头是儿女对他太好才自杀的。"

母亲就讲了一个从同事那里听来的故事。

母亲说，有一个老头，在病床上躺了十多年。儿子和儿媳都很孝顺。儿子很穷，冬天赶上下雪的时候，没钱买煤，晚上老头儿在床上尿湿了被褥，儿子就钻进老头儿的被窝，用自己的热身子把老头儿尿湿的地方暖干。儿子在外面靠下苦力挣钱养家糊口。不管有多累，儿子回家总要先给病床上的父亲按摩。也许是儿子的孝心感动了上苍，老头儿竟能下床活动了。可是没过多久，老头儿的肾又出了问题。儿子身无分文，但儿子有强壮的身体。儿子决定要卖掉自己的肾，来为父亲治病。老头儿劝不住，就让儿媳劝劝儿子。

儿媳说："你儿子是咱家的顶梁柱，我当然不愿意他卖自己的肾。但他的生命是父母给予的。夫妻情似江长，父子情似海深。他在尽孝，我阻挡他尽孝，就是更大的不孝啊。"

老头儿左想右想，就一个人悄悄从医院里跑出来，拦了一辆出租车。车路过城外的一个大桥时，老头儿让司机把车停下。然后，老头儿从车上下来，等车开走后，就一头扎到了桥下滚滚的河水中。

讲完，母亲说："没准凤凰桥下的老头儿是不想给儿孙添麻烦才自杀的。"

母亲说完，就去菜场买菜去了。

父亲又问我家的保姆阿姨："你怎么不说话？"

阿姨感冒的挺厉害，刚才要抢着去洗碗，母亲让她今天好好休息。

阿姨说："我们乡下人不太会说话。刚才听你们这么一说，我就想起了乡下的一个邻居。"

于是，阿姨就讲了邻居的故事：邻居也是一个孤老头儿，在家闷得难受，想找个老伴。还真有人给介绍了一个。没想到的是两边老人的子女都极力反对。更没想到的是两个老人也许是前世修来的缘份，好成了一个头。相亲相爱的样子让年轻人看了都眼红。他们越是这样，子女们越是不让他们在一起。硬是把他们给分开了。女的回家不吃不喝，没过多少日子就生病死了。那个孤老头儿天天想那个女的。结果就在一个雨夜里投河自尽了。

讲完，阿姨说："也许凤凰桥下的老头儿是和家里人有了争执才自杀的。"

阿姨说完就回卧室休息去了。

父亲问我："你怎么看这件事？"

我说："还是不说吧。"

父亲说："你是写小说的嘛，快说说看。"

我说："有四种结局。一、有可能老人是太穷，羡慕和他同龄的人比他过的舒心。二、不小心失足掉到了桥下。三、可能是精神病患者，也许是老年痴呆症。四、和家人闹别扭，一时想不开。"

父亲听完，好久没说话。

第二天，父亲一大早就出去买豆浆。全家人也都比平时起得早，整齐地坐在餐厅里等父亲回来。家人都想知道有关那个老头的死因，看看是谁猜对了最后的结局。

父亲终于回来了。

父亲对全家人说："昨天排队买豆浆，闲着无聊，有人说凤凰大桥下边淹死了一个老头儿。当时排队的人也像咱家一样，乱猜一起。那人买完豆浆，说，大伙也不想想，现在正是大冬天的，桥下是干涸的河床，哪来的河水呀？有时一些常识性的东西往往最容易被人忽视。"

全家人都长长叹口气。

爷爷说："对呀，凤凰河就是在夏天水位也不高。倒把这事给忘了。"

奶奶说："那人是吃饱了撑得没事干呀？没死人怎么能瞎说呢？"

父亲也叹气，说："那人说是在搞一个心里测验。他说现在受骗的人太多。有些事稍动一下脑子就可以避免上当。为什么我们就没想起要先核实一下，看看小道消息是不是可靠，然后再根据自己的生活经验去发挥想象呢？经验主义真是害死人呀。"

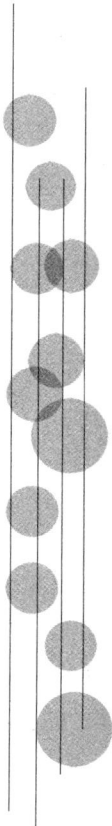

水绿色的灯笼裤

我考上初中那年，慧慧是班里唯一从乡下考上来的。

班里的同学有意无意间不太愿意和她说话。好在慧慧学习成绩一直名列前茅，她兄妹五个，母亲一年四季在田里劳作。父亲在县剧团干杂务，管道具呀服装呀什么的，家里的日子过得捉襟见肘。本来父亲想让慧慧在乡下念初中，可慧慧死活不同意，非要到城里来念书。慧慧长得水水灵灵的，脑子又好使唤，父母便依了慧慧。

慧慧也算是争气。期中考试，在全级部考了第二名。后来，慧慧被选为班里的文娱委员。快放暑假的时候，学校准备举办文艺联欢会。慧慧建议出舞蹈节目。当时从班里挑出十个个头差不多的女生来排练扇子舞。这十个人里有我，当然也少不了慧慧。本来只需八个人就行。老师说多挑上二个学生吧。万一到时有不能参加的，也好有个替换。

慧慧对这件事投入极大的热情。课余时间她抓得可紧了。不让我们有一分钟的休息时间。刚开始练的时候，我还有股子新鲜劲，可时间一长，累得腰酸腿疼。慧慧看在眼里，急在心上，她和我是同桌，我便近水楼台先得月，知道了一个在当时我们女孩子看来很重要的消息：慧慧回家软磨硬泡，非要父亲答应她从剧团借出八条水绿色的灯笼裤。父亲爱女心切，便跑到了副团长那里求情。副团长说这事可不是小事，要一把手点头才行。慧慧的父亲又赔着笑脸跑到正团长那里好话说了一萝筐，团长虽说点头，但一再叮嘱，不准把服装弄脏弄坏。

"你想想看，别的班演出都是穿白上衣蓝裤子，咱每人穿上一条水绿色的灯笼裤，能把别的班震傻。"

那个年代，不管男女，大街上流行的是黑灰白三种色彩。每当有联欢会时，大都是在同学间你借我的蓝裤子，我借你的白上衣。当时连裤腿稍显肥一点的喇叭裤都被视为奇装异服，别说是束腿的灯笼裤，还是水绿色，穿在身上会是一种怎样的感觉？

那几天我练舞蹈格外卖力气。慧慧不让我把这个消息告诉别人，因为只能从十个人里挑八个人，她怕到时候都想上台演出可就麻烦了。我只好把这个秘密藏在心里。练到最后，老师从我们十个人里选出了八个人。

演出的前一天，慧慧兴高采烈地提着一大兜子灯笼裤来到了班上。我们八个人像是一群小麻雀欢呼雀跃。

出人意料的是，第二天正式演出时，慧慧却没有登台。我们的班主人是个很漂亮的女教师，她平时很喜欢慧慧的，不知何故，无论我们如何拐弯抹角的打探，老师就是不告诉我们慧慧不上台的原因。演完，我们到处找慧慧，却没有见到慧慧的踪影。

一晃，二十多年过去了。

那天，我送儿子上学后，一个人在大街上逛，忽然，有一个上了岁数的老太太在叫我。我愣在那里，半天才认出来是我上初中时的班主人。

"老师，是您！我差点认不出来！"我有些惊喜。

"我头发全都白了，以前教过的学生能认出我的不多。但我一眼就认出你来了！"老师笑着对我说。

那天，我请老师一块去咖啡厅喝咖啡。那天的话题大多是围绕着慧慧谈来谈去。老师说，那次你们演出，我本来是想让你们不要分心，把精力用在学习上，演出时穿白褂子蓝裤子就行了。可慧慧说她常看到剧团里的人在排练时穿那种水绿色的灯笼裤，她做梦都想穿一次。我也只好答应了。谁想，到了演出的前一天下午，正好赶上慧慧来"好事"，她怕在台上跳舞时不小心弄污了借来的裤子，便一气吃了六只雪糕。她说在家听上了岁数的老人说起过，女人来"好事"时是不能吃太凉的东西的。会把"好事"冰回去的。结果，她当天下午，就腹痛难忍。在医院治了好些天，也没见好。父亲实在拿不出那么多的医药费，就把她送回了乡下。结果，她被乡下的老人说成是"干巴病"。乡下人视这种病为不祥之兆。鬼呀神呀的，一会往她身上泼刚从井里打上来的水，一会又用刚从树上砍下来的柳枝子抽她的全身，说是要驱逐鬼魂。没多少天慧慧就死了……

老师不想再往下讲了。她说："我当时本想换一个同学替她的。可慧慧死活不同意。要是慧慧一门心思都用在学习上，虚荣心再小些，就不会有这场悲剧了。"

我不好意思地说："老师，其实当时要不是慧慧告诉我能穿灯笼裤上台演出，我早就中途退出来了。"

老师说："我并没有怪罪你们的意思，只是替慧慧惋惜。你现在也已为人母了。我也不想再说什么做人的大道理了。其实，人生的道理，只是藏在平淡无味之中。"

我说："老师，也许我们活着的每个人仍在不经意间犯着和慧慧一样的错误呢。"

老师问我："你对别人犯的错误，是采取什么样的态度？你对自己犯的错误又是采取什么样的态度？"

我一时不知如何回答。

老师说："原谅别人，就是给自己心中留下空间，以便回旋。如果你能像看别人缺点一样，如此准确般地发现自己的缺点，生命将会不平凡。"

如今，老师已不在人世。但那天在咖啡厅门口和老师分手时，老师说的话我却永远铭记在心。当时，夕阳的余晖为老师镶上一层好看的金边儿，老师意味深长地对我说："记住，无论做什么事，都不要浪费你的生命在你一定会后悔的地方。"

习　惯

　　我做事有个丢三落四的坏习惯，却也没有痛下决心要改掉。人的一生，谁没有一些不好的习惯呢？这种想法在我的脑子里根深蒂固。后来，我凭着自己的脑子好使唤，顺利地考上了一所名牌大学。毕业后，分到一家全国有名的合资企业工作。

　　有一次，我给公司做一张报表，结果做错了一笔重要的数据，虽然被老总发现后，我及时地检查了错误，并做了纠正，但还是被老总揪住小辫不放，非要让我停职三天，写一份书面检查交到公司。如果不写的话，我很有可能被老总炒了。

　　我那三天心情坏透了。

　　我的母亲知道后，一脸郑重地把我叫到一旁，说："人不怕犯错，就怕知错不改。你的坏习惯长期不改，迟早会酿成大祸的。知道你的父亲是如何牺牲的吗？"

　　我脱口而出："当然知道。是叛徒出卖了我的父亲。"

　　母亲长叹一口气，说："那只是一个原因，但绝不是致命的原因。"

　　我一时怔在那里，以为母亲上了岁数，脑子有问题了。

　　于是，母亲给我讲了父亲牺牲的经过。

　　当年，我的父亲是共产党的一名情报员，长期潜伏在国民党的一个重要军事情报机构里。

　　有一次，父亲被叛徒出卖。

　　当时，父亲的工作做得非常的出色。国民党方面虽然怀疑父亲，但试探了几次，都被父亲识破。

　　那次，父亲应邀去参加一个酒会。席间，父亲正在和他的一个上司推杯问盏，这时，忽然，父亲听到身后有一个人在叫他。当时父亲一直用的是化名，父亲的真名在国民党这边从没人知道。

是谁会在这种公开场合叫父亲原来的真名呢？

父亲当时的确了不起，父亲连眼皮都没抬一下，依旧该喝酒喝酒，该吃菜吃菜。父亲的镇定自若，让和他在一个酒桌上谈笑风生的人都露出了不易被人察觉的迷茫。父亲虽然用眼睛的余光捕捉到了这种瞬间的迷茫和犹豫，但父亲已经知道了看起来轻松自如的谈笑风生里，已有了刀光剑影。

父亲绝对意识到了处境的危险。

父亲想让自己放松一下情绪，他想起身到舞池跳舞。就在他刚刚站起身时，一个很急促的声音从父亲的背后再一次传来。这次的声音不像刚才，这次的声音一点也不陌生，是一个熟悉的声音。父亲不用回头看，就知道这个喊他的人是父亲平时工作时的一个要好的搭档。这位要好的同事喊着父亲的化名，说："李建，接住！"

声到东西到。父亲还没反应过来同事扔过来的是什么东西，就见一个黑呼呼的东西从父亲的左侧的空中飞了过来！说时迟，那时快，父亲小的时候练过武功，父亲连眼都没眨一下，就伸手接过了这个黑呼呼的东西。

接过后，父亲看清楚了，飞过来的这个黑糊糊的东西竟是同事的一个放水杯子的黑色小皮包。

随着这个小黑皮包的到来，父亲听到了同事发出的笑声。这笑声一听就是喝多了酒的笑声。这笑声会给人一种轻松。

但父亲不会被这种假象所迷惑。

就在父亲正想把这个黑色小皮包再以轻松的方式从空中抛给对方时，意想不到的事情发生了！

就在父亲手中的小黑皮包还没有飞出去的瞬间，一声枪响，父亲摇晃了几下，父亲倒下去了。

血，鲜红的血，汩汩地从父亲宽大的胸膛里流出。

父亲流了很多很多的血。

父亲再也站不起来了。

父亲永远合上了那双明亮的眼睛。

当时，血不光洇湿了父亲的上衣，还把父亲手中那个没来得及扔出去的小黑皮包也洇湿了……

母亲哽咽着，讲不下去了。

我一边为母亲擦着总也擦不完的眼泪，一边问母亲："这些不是在我很小的时候，你都给我讲过的吗？"

母亲抬起头，一字一句地说："当时叛徒不敢肯定你父亲是不是共产党的情报员，但却知道你父亲平时生活中一个微不足道的小细节，你父亲是左撇子。尽管你父亲平时非常的注意，干什么都不用左手，尽可能的像常人一样用右手，但有时人的下意识的动作是很难克服掉的啊……"

我不知道后来母亲又说了些什么，因为我早跑到书房去写检查去了。那份检查是我流着眼泪一个字一个字写完的啊。

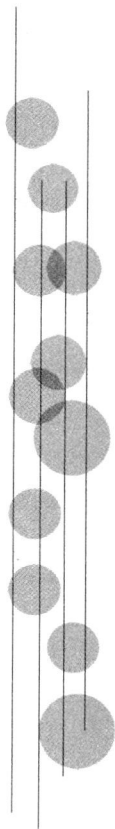

惹是生非的花花玉

孙强包了一个菜园子，虽说挣了不少钱，可他还是嫌挣钱太慢。他想找个门子挣大钱。也是该当有事，他听一个外地的亲戚说，他们那里的土壤适合种植一种叫花花玉的草药（这只是当地人的一种叫法）。这种叫花花玉的草药明目，败火，所得的利润是种菜的几十倍。孙强就把种菜积攒下来的钱全从银行取出来，另外还和亲朋好友借了不少钱。然后就去离家几千里的亲戚那里投资种植花花玉去了。

刚开始种花花玉的时候挺顺手的，但等到快要收获的时候，麻烦一个接一个地来了。先是雇工要的工钱太高，孙强只好少找雇工。可是还没到雇工来刨药的日子呢，却被当地的人给瞄上了这块花花玉药地。这些人要提前来偷挖花花玉了。眼看要到手的钱就快要被别人给挖跑了。孙强急中生智，便想出了一个办法。

这天，孙强一个人悄悄躲在了树林里，花花玉这种草药要紧挨着树林才能生长，所以药地的四周是一大片树林。等呀等，快中午的时候，孙强真地等来了一个偷药的老头儿。这次，孙强不像以前那样和偷药的人大声吼叫，而是像个神秘的大侦探一样，突然出现在老头儿的面前。

老头儿有些不好意思，但孙强却装作没事人一样，先是像迎接远方的客人一样，给老头儿递上一支烟，然后笑眯眯地说："老人家，以后再来的时候不要一个人，林子这边有老虎。"

老头儿笑着说："小伙子，你是大白天说梦话吧？老虎住在山上呢，咱这是平原，有句俗话：虎落平川，想请老虎都请不来呢。"

老头儿说着话就走远了。

第二天，孙强一个人又悄悄躲在树林里。这次，又打远处走来一个胖大嫂。胖大嫂的胳膊上挎着一个篮子，篮子里装着一把小铁铲。

孙强又像神兵天将一样突然出现在胖大嫂面前。

孙强笑眯眯地递给胖大嫂一个苹果，说："大嫂，再来的时候不要一个人来，林子这边有狼。"胖大嫂一听这话，把腰都快笑弯了。

胖大嫂说："小伙子，你这外地人咋说谎也不会？这林子紧挨着村庄，借给狼仨胆也不敢来啊。"

胖大嫂走时还没忘把那个苹果放在篮子里。

第三天是个星期天，又有个十多岁的小姑娘来了。

孙强这次没有躲起来，而是等小姑娘走到跟前时，给小姑娘糖果吃。

孙强对小姑娘说："小妹妹，再来时不要一个人，林子这边有蛇。"

小姑娘吓坏了，问："蛇？蛇咬人吗？"

孙强说："蛇不光咬人，蛇饿的时候还吃人呢。因为蛇喜欢花花玉草药的香味，来过好几次呢。"

小姑娘听孙强这么一说，吓得连糖果都没顾上拿就跑出了林子。

很快就从附近的学校里有了传说，说这林子里发生过蛇吃人的事。

当地的一些人也来问孙强："到底有没有蛇？"

还没等孙强搭话，站在旁边的一个中年男人就抢着说："那还用问？不会假的。我也在这里看到过蛇，那条蛇好吓人的。有竹竿那么粗。蛇饿急了，不管是白天还是晚上，都会出来吃人的。"

果然，再也没人敢来偷挖花花玉了。

人们宁可信其有，也不可信其无。这毕竟是人命关天的大事。

孙强一直对那位替他说话的中年男人心存感激，可他却一直没再见到那个神秘的中年男人。他不知道那个神秘的中年男人和他非亲非故的，为何要站出来替他一个外地人说话呢？当时，孙强也顾不上想这些了。

没人来偷挖花花玉了，孙强本来可以高枕无忧了。谁知新的麻烦又来了。这麻烦是来自他自身的。现在无论孙强走到哪儿，都有好心的人对他说："小伙子，在林子里要多加小心呀，别让蛇把你吃了。身上要随时带上解毒的药啊。"

说的人多了，孙强心里也有些胆怯了。

孙强不光是晚上睡不着觉，就连大白天也不敢在林子边上转了。有时候风刮的树叶沙沙地响，孙强就会下意识地四下里看一遍才敢再往前走。孙强越是害怕，越想找个人来陪他说话壮胆。可他现在就是白搭上好酒好菜地招待，也没人敢来陪他。

孙强住在林子边上的柴棚里，里边没有电灯，晚上睡觉时又不敢点蜡

烛，怕林子里着火，常常一晚上都没法合眼入梦。最后，孙强终于撑不住了，让亲戚打听一下有没有当地人愿意接着包这块花花玉药地的。

　　没想到的是，还真有人愿意承包这块花花玉药地。等到签协议书时，孙强才知道是那个替他说过话的神秘中年男人来转包这块花花玉药地。

　　结果，孙强连本钱的一半都没收回来。

　　孙强在回家的路上想，这才是玩鹰的被鹰啄瞎了眼。真是山外有人，天外有天呀。

神　偷

　　我是在医院里认识吉姆斯的。他是一个很幽默的外国老头儿。我们俩同住一个病房。我被护士从手术室推出来后，开始并没有什么不适，到了夜深人静时，我的刀口开始隐隐作痛。当时，病房里只有我和吉姆斯。他比我早两个星期动的手术，所以他现在已经能在病房里来回走动了。他看我躺在病床上难受的样子，对我说："小伙子，咬咬牙熬过这一晚，一切都会好起来的。"我向吉姆斯投去感激的目光："老人家，谢谢你。""小伙子，我看你也睡不着，听我给你讲个故事吧。"吉姆斯不等我搭话，就坐在我跟前，用非常流利的英语娓娓道来……

　　有一个男人，以偷窃为生。偷了几十年，竟从未失手。圈子里的人都戏称他为神偷。在神偷生活的那座城市里，小偷与小偷之间，有时也有纠纷，但只要把神偷请来，三言二语，事情就摆平了。神偷有句口头禅：创造机会的人是勇者，等待机会的人是愚者。在神偷六十五岁那年，他和另一个经验丰富的偷窃者合伙去偷窃一家古董店，结果同伙被警察当场发现，为了不受牢狱之苦，同伙服毒自尽。虽然神偷靠着丰富的做案经验逃之夭夭，但这件事情对神偷的打击很大。神偷在家闭门反思多日，决定金盆洗手，再也不做偷窃之事。神偷在家闲了数日，便手痒的不行。他完全可以衣食无忧地度过余生，可他还是在院子里转了好几天，踩好了点，确定住在他隔壁的三单元一楼的一户人家几乎天天家里没人。在一个阴云密布的上午，神偷悄悄来到三单元的二楼，然后从二楼走廊的窗子里跳到一楼那户没人的家里。神偷这次很顺利，几乎把这家值钱的电器音响什么的全都抱了个净光，还顺手牵羊把抽屉里的美元钞票也席卷一空。当神偷兴高采烈从旧货市场销赃回来，一进家门，神偷就傻眼了。你猜神偷看到了什么？

　　吉姆斯这人还挺会制造悬念，他两眼炯炯有神地看着我，再也不肯往下讲了。

我想了半天，说："会不会是神偷发现警察早在他的家里恭候他多时了？"

吉姆斯像个孩子似的把头摇个不停："要那样，他就不是神偷了。"

我说："是不是那家被盗的主人察觉后，在神偷家里等他呢？"

吉姆斯仍把头摇个不停："别说是神偷，就是平常的小偷也不会蠢到让人家找上门来吧？"

"那神偷到底看到了什么呢？"

"年轻人，我要休息了。你好好的想想，会发生什么样的事情呢？明天我再接着讲。"

吉姆斯说完就去床上睡觉了，不一会儿，病房里就响起了吉姆斯的鼾声。我大睁着双眼，想了大半宿，也没想出那个神偷究竟看到了什么？后来就迷迷糊糊地睡着了。第二天醒来时，刀口已不是那么地疼了。吉姆斯笑眯眯地看着我，问："年轻人，猜测到了没有？"我摇摇头。吉姆斯等护士来给我打完针后，才又过来坐到我的对面，继续讲神偷的故事。

神偷发现他的家也被盗了！也就是说，在他去偷窃别人的时候，别人也在同时偷窃了神偷的家。神偷马上打电话报警。警察看现场的时候，神偷在一旁不时地提醒警察，他毕竟作案多年，唯恐一些重要线索被警察忽视。警察通过屋里的鞋印和放在阳台上的一双鞋子，发现作案的人竟是神偷自己！

"天，神偷为何要自己偷自己？他这不是自己往枪口上撞吗？"我百思不得其解地问。

吉姆斯说："神偷多日不偷，再重操旧业，心里当然要发慌，他查错了单元号，他从窗子里并没有跳到三单元的一楼，而是跳到了二单元的一楼。神偷的家就是住在二单元的一楼。因为小区是统一装修，家具的摆设基本差不多。""总会有不一样的地方吧？再说哪有认不出自己的家来的？"我仍表示怀疑。吉姆斯说："因为神偷岁数大了，患有老年性黄斑病变。这种老年性眼科疾病会使患者视力严重受损，已接近失明。所以神偷看什么都是罩着一层模模糊糊的黄色。""那神偷最后坐牢了没有？""没有。因为神偷所在的那个国家有规定，一个人是不能盗窃自己的财产的。""你不是说神偷完全可以衣食无忧地度过余生吗？那他为什么决定金盆洗手后，又去偷窃呢？"

吉姆斯长长叹口气，说："因为他不偷窃的时候，会很痛苦。人之所以痛苦，在于追求错误的东西。"

"是不是神偷渴望的是那种偷窃成功后的成就感？"

　　"是的。这只是一个方面。其实，人活着，看清别人很容易，要摆平自己却很难。"

　　"哦。可怜的神偷。"

　　"神偷以为自己能够管得住自己，他却管不住自己那颗不安分的心。心是最大的骗子。别人能骗你一时，而它却会骗你一辈子。"吉姆斯的样子很沮丧。我本来还要问好多不解的问题，可他却忙着办理出院手续去了。当病房里只剩下我一个人的时候，刚好护士进来量体温。我悄悄问护士："吉姆斯患的是什么病？"

　　护士说："是老年性黄斑眼科疾病。"

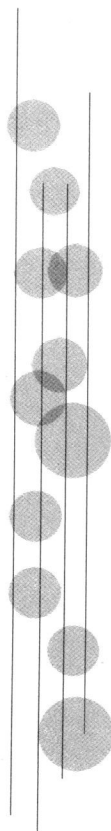

铁和树的关系

有个男的，家境不好。

老大不小的，总也说不上房媳妇。

男的逢人便说：给俺说房媳妇。俺打酒请你还不行？

也有那心肠软的，东说西说，还真给男的说了房媳妇。男的有了媳妇，脸色好看多了，穿戴也利落多了。没媳妇时，不是穿的前一个洞，就是后一块补丁。现在周周正正的，看着就像那么回事。

男的得了媳妇，又想得个孩子。

可媳妇的肚子一直就没鼓起来。

过了好几年，男的沉不住气，把粮食卖了，山南海北找医生治。

男的自个儿也不记得给媳妇治了几年，更不记得花了多少钱，媳妇的肚子总算鼓起来了，给他生了个大胖小子。男的笑逐颜开。摆了满月酒。一村子的人都去贺喜。

男的拿儿子当宝贝一样。一会怕儿子冷，一会怕儿子热。恨不得把自个儿的头割下来让儿子当球踢。儿子一天天长大，小嘴也挺会哄人的。一会爸一会妈，见什么要什么。没有不想要的东西。人家的孩子要是不给，儿子就硬抢，像个小土匪。同龄的小朋友们都不乐意和这个小土匪在一起玩耍。小土匪回家哇哇大哭。男的就慌忙跑出家门，又是给那些孩子吃的，又是给那些孩子喝的，只求人家和他的儿子玩就行。那时有人说男的："你这么宠孩子，将来长大未必孝顺你们俩口子。"

男的说："不会的。树大自直。小家伙可聪明了。他不会乱来的。"

儿子后来就长大了。

儿子长得五大三粗。

男的让儿子帮他去田里伺弄庄稼，儿子说："没兴趣。"

男的让儿子出去打工挣钱，儿子说："太累。吃不了那份苦。我可不想去城里给人当孙子。"

男的说："那不就坐吃山空了？"

儿子说："不是有你吗？你不是说我要什么，你就给我什么吗？"

男的说："从小到大，你要的我不都给你了吗？"

儿子说："我想要媳妇。你去给我找。"

男的说："有你这样找媳妇的吗？谁家的姑娘愿意嫁个懒汉？你要先像个过日子的样，才有人给你说媳妇。"

儿子说："我不管。说不上媳妇，我天天和你闹。"

男的一筹莫展。

男的问媳妇："咋办？"

媳妇说："这找媳妇的事又不是种庄稼，多在地里用把子力气，那庄稼就噌噌地长出来了。不理他那么多就是了。有本事自己去找。"

没想到这话被儿子听到了。

儿子的眼睛瞪得有鸡蛋那么大。

儿子就出去自己找媳妇了。他一连在玉米地里奸污了好几个女孩子。也是该当出事，有一个胆大的女孩子，在玉米地里死活不依。儿子一怒之下就用锄头把女孩子打死了。

儿子是在秋天被枪决的。

儿子的舅舅来看儿子的母亲。

舅舅读过很多很多的书。

儿子的母亲问娘家哥："你说这是为啥？俺两口子的命咋就这么苦。咋让俺摊上这么个儿子呢？"

儿子的舅舅说："这不是命苦不苦的事。"

儿子的舅舅就讲了一个故事：在很久很久以前，世上发现了铁的时候，树们就忧虑未来的命运。

有一棵树悄悄说："可怕。太可怕了。是谁发明了铁？有了铁就会有斧子的。既生树，何生斧？那个发明斧子这种凶器的人简直就是个大恶魔。

另一棵树接着反驳说，如果不是我们树提供了斧柄，光是这块铁怎能伤害了我们？

舅舅的故事讲完后，看着一脸憔悴的妹妹和妹夫，说："其实噩运形成的原因，往往是我们自己。最大的敌人就是我们自身。"

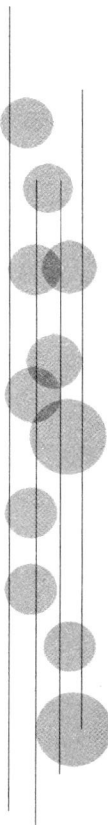

信 念

张一亮死了！

张一亮为什么会说死就死了呢？

他咋不再咬咬牙撑上一些日子呢？

张一亮年轻时是个很有作战经验的八路军的军官。后来，又被调到后方做地下工作。张一亮就是张一亮。他干什么马上就精通什么，地下工作更是做得得心应手。

再后来，组织上指派张一亮到国民党内部卧底做了一名地下情报员。

他在去之前，做了易容手术。

手术做得非常地成功。

张一亮出院时已完全变成另一个模样了。

在国民党那边，张一亮认识了一个国民党的处长，这个处长叫李民。

那天，张一亮对李民说："咱们的行动后天开始！"

李民当时很激动。

李民握着张一亮的手说："好！就盼着开始的那一天了！"

他们说的行动，是一次保密工作做得非常出色的起义行动。这是张一亮来到国民党这边后，开始做的第一个大规模行动。在张一亮做了大量的政治工作后，终于做通了李民处长的思想工作，李处长要带着他的手下全部起义投到解放军这边来。因为国民党那边已是日落西山，很快就要撤退到台湾去了。李处长当然不想去台湾。李处长手下的好些人也不想去台湾。张一亮看准时机，终于在几天后，张一亮冒着生命危险，帮李处长和他的手下全部起义到了解放军队伍这边来。

后来，国民党真就撤到台湾去了。

再后来，全国解放。

再再后来，李民起义有功，提拔到公安局当了局长。

张一亮当时没到台湾。他又不是真正的国民党的人，他去台湾做什么啊？

张一亮虽说留在了大陆，但张一亮的厄运也跟着接踵而来。他首先在人们的眼里是个国民党的敌特分子。他当时去那边的时候，是组织秘密指派他去的，这事别人又不知道，所以张一亮还是有思想准备的。这事也不是所有人都不知道。当时是实行的单线联系。张一亮的上线和下线还是知道这事的。也就是说这个世上有两个人知道张一亮的真实身份。

张一亮后来被关押进监狱的时候，对审他的人说："李民那次带着手下人起义过来，是我一手策划的。你们可以去了解李民，也可以去当时和我有过联系的上线和我的下线那两个人去了解事情的真相。"

组织上的确派人去找了这三个人。

不知何原因，李民那边迟迟没有消息。另外那两个情报员，一个早已在战场上牺牲，另一个虽然活在世上，却成了痴呆病患者。张一亮的事就这样不明不白搁下来了。一搁就是十几年。等张一亮从监狱里出来时，他的头发已过早地全白了。他没有工作，摆了个修钟表的小摊子。他年轻时学过修表的手艺。张一亮岁数不小了。没人愿意嫁给他。后来，他找了个瘸腿的乡下姑娘。这个姑娘给他生了一个儿子。

后来，张一亮的儿子备受世人的歧视。有时儿子急了也朝张一亮发火。张一亮总是铁了心的一句话："人活着要有信念。信念，你们懂吗？人失去生命不可怕。可怕的是没有信念的生命！"

张一亮的命运差一点就有了转机。一个当年的老首长知道了张一亮的事情，他来信对张一亮说："我知道当年的一些情况，我在外地开会，等我回了北京就给你出具证明。"

但谁也没想到，这个老首长刚回到北京，就被四人帮关到大牢里去了。谁会相信一个大牢里的人的证明呢？

后来，张一亮病重住医院时，在弥留之际，仍颤抖着双手给妻子和孩子留下一个纸条。上边写着几个字：信念！永远不可丢！

张一亮死后没多久，那个当年的李处长终于暴露身份，入了监狱。在狱里写交代材料时才说了张一亮的事。

原来。这个李处长是当年国民党撤退时留在大陆的一个敌特分子。

再后来，组织上在整理当年的敌特分子档案时，也找到了当年张一亮的真实资料。于是，在张一亮的档案中，又多了一张他的家人送来的那张信念永远不可丢的纸条。

姻 缘

　　白琼是个性格内向的女孩儿。遇到熟人时只是腼腆地一笑，笑过了就脸红。因为不爱说话，大学毕业后，参加工作好几年了，还是独身一人。同科室的肖姐是个热心肠的人，给白琼介绍了一个男友，谈了没几天，吹了。又介绍一个，又谈，又吹。

　　白琼不明白自己错在哪里。

　　肖姐说：“和人约会，你老不说话怎么行？木不钻不透，话不说不明。爱情靠语言勾通。”

　　白琼只是笑笑。

　　姻缘这东西很怪，刻意追求的时候总是扑空。不再为之熬神费心时，却又从天而降。

　　那天肖姐又给白琼领来一个叫国庆的小伙子。

　　白琼说：“不见不见，见也是白见。”白琼正在摇头呢，国庆已站在白琼的面前。

　　白琼只好给国庆泡了杯茶。

　　白琼有些紧张。

　　国庆更紧张。

　　国庆也是因为不善言谈，吹了好几个了。

　　国庆想，应该主动讲几句话。

　　白琼同时也这样想。

　　白琼想说天气真热呀。可是白琼一紧张，竟脱口说出：“你见过老虎吗？”

　　国庆说：“见过。在公园里。”白琼的脸羞得通红，只好将错就错：“老虎咬人吗？”

　　国庆说：“咬不成。关在铁笼子里呢。”

国庆说完情不自禁地笑了起来。国庆一笑，白琼也跟着笑。国庆说："我这是第六次跟人见面了。"

白琼说："我这是第八次。"

国庆说："好呵，又顺又发。"

两人都有种相见恨晚的感觉。

先是一周不见如隔三秋，随后几小时不见似乎都要熬白了头。

本来两人说好元旦结婚，又嫌时间太长，就定在了冬至。

到了冬至这天，天气奇冷，滴水成冰。新郎新娘却一点也不感觉冷。两人心里热得要冒火。洞房花烛夜，白琼激动得哭了。国庆也掉了泪。国庆心想，月下老把两个不爱说话的人捆在了一起，这有多好啊。两人相似得如同一个人。国庆正恍恍惚惚地想东想西，天就大亮了。国庆趿着拖鞋蹑手蹑脚来到阳台上。风嗖嗖地刮，想要吹破人的脸皮。国庆只穿着背心短裤，冻得上牙打下牙，嘴唇都冻紫了，这才回屋穿衣服。以后，国庆天天如此。白琼发现阳台的对面是幢女单身宿舍楼。楼里的女职工早晨出来打豆浆，个个如蝴蝶般扎眼。白琼心想，国庆每天早晨连衣服都顾不上穿，去阳台上挨几分钟的冻，一定是暗恋着某一只花蝴蝶。一个男人如果不是为情所痴不会傻到这种地步。

白琼试着劝国庆，国庆说："不碍事，我身体壮着哩。"

白琼是个惜话如金的女孩儿，自尊心特别强，这件事她既没对家里人讲，也没好意思和国庆大吵大闹。结婚才一个多月，白琼就憔悴了。

白琼突然对国庆提出了离婚的事。

国庆哭了，后来又给白琼跪下了。

白琼只是摇头。

离婚后，白琼为了尽快地把国庆忘掉，很快就又结了婚。婚后，白琼生了个儿子。儿子稍大些，送到了幼儿园。有一次，白琼来接儿子，在幼儿园的大门口看见一位穿皮大衣的女人正在大声训斥一个男人。不知那个男人说了句什么，女人竟打了男人一个耳光。打完，女人骑上摩托车消失在人流中。当那个男人回过头来时，白琼惊呆了！竟是国庆。国庆的脸上有好几个指头印儿。两人对视良久，国庆说："你都看到了，我正在打离婚。可是她不让我来见儿子。"

白琼沉思半天问："你以前天天去阳台上挨冻，就是为了天天看一眼你现在的妻子吗？"

国庆说："你想哪去了？我老家在农村，穷呵。母亲去世早，我一件棉袄要穿好几年也没人给拆洗，硬得像铁板。早晨穿衣服，怕袄凉，又买不起衬衣衬裤，只好跑到院子里冻一会儿，再穿那件棉袄就不那么凉了。以后条件好了，却改不了这个习惯。早上冻一会儿，一天都神清气爽……"

白琼张大了嘴，半天才说："那你该告诉我呀。"

国庆说："你又没问过我。"

白琼的眼里就有了泪。

白琼忽然问国庆："你见过老虎吗？"

国庆愣了一下，忽然回过神来，说："见过，在公园里。"

"老虎咬人吗？"

"咬不成，关在铁笼子里呢。"

白琼泣不成声，说："老天爷，姻缘到底是个什么东西呵？"

国庆回过头去，眼里也噙了满眶泪花。

下课的铃声响了。白琼和国庆各自带着儿子背向而去。

路上，儿子小声对对白琼说："去姥姥家吃水饺去，今天是冬至。姥姥说冬至水饺，夏至面条。"

白琼无言，眼里扑簌簌落下一串泪珠，把儿子的羽绒服洇湿了一大片。

猫　婆

没人知道猫婆是从哪里来，更没人知道猫婆要到哪里去。

猫婆从不告诉别人她的老家在哪儿，她姓什么叫什么更是无人知晓。村子里的人只知道她爱猫如命，便喊她猫婆。大人孩子都这样喊她。

那是一个春天的午后，一个老女人怀里抱着只昏昏欲睡的猫向村子走来，看样子她是路过这儿的。她本来是目不斜视一直往前走的，偏偏这时怀里的猫像是突然间从梦中醒来，从老女人怀里挣出来，一下子跑到路边那间墙壁上长满青草的小石头房子里去了。老女人也跟了过去。

老女人和猫就住在了小石头房子里。

很早以前，房子的主人是个看场园的老光棍汉，他死后，房子一直空着。已经空了好多年了。也许猫婆和她怀里的猫和这间被人遗弃的小房子有着某种不解之缘吧，竟一点也不嫌弃这房子漏风漏雨，当真地住了下来。

猫婆不喜欢和村子里的人来往，她只是喜欢和猫住在一起。小房子里的猫越来越多，后来实在住不下了，猫婆就花钱雇人在小房子的跟前搭了个猫棚。

猫婆好像天生就是个养猫的女人。她的头上肩膀上胳膊上，分分秒秒都有猫伴随着她。小石头房子里每天都会飘出好闻的红薯香味。那是猫婆在烧火煮红薯。等猫婆揭开锅盖时，那些猫们便会把猫婆团团围住，猫们知道它们一天的吃食全在锅里呢。袅袅热气中，猫们看到猫婆的脸上现出平时难得见到的红润。它们像猫婆爱它们一样也在深深爱着猫婆。有时猫婆病了，猫们就会围在猫婆的床前叫呀叫的，猫们的眼睛像一颗颗璀璨的宝石在猫婆的脸前闪呀闪的，"喵喵"的叫声如音乐般抚慰着猫婆寂寞的心灵。置身在猫们给予她的温暖中，猫婆的病就会奇迹般不治而愈。

猫婆把她的生命，她的感情，她的寄托，她的一切，全部交给了这些可爱的小精灵。

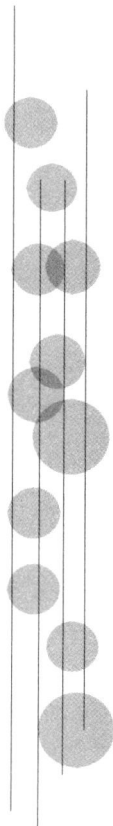

猫婆有时会情不自禁地说一些只有她和猫才能听懂的悄悄话。

"我不能给你们最好的吃食。"

"也不能能给你们舒服的住处。"

"可你们从没嫌我。"

"也从没抛弃我。"

"我也不会抛弃你们的。"

"永远都不会。"

"相信我。"

猫一定是听懂了猫婆的话，猫的眼睛愈加的温柔明亮。

"谢谢你们啊。"

说着，猫婆常常会感动得热泪盈眶。

村子里的人来告诉她："我们这一带还从没出现过你这样的女人。"

猫婆说："哦。"

"这里的女人家家都养鸡。"

"哦。"

"养鸭。"

"哦。"

"养猪。"

"哦。"

"养羊。"

"哦。"

"可你偏偏养了这么一屋子的猫。"

"养猫不好吗？也没碍着你们什么啊。"

"不是好不好的问题，鸡鸭可以下蛋卖钱，猪羊也能杀肉换钱，养猫有什么用向呢？"

"难道人有什么爱好都要和钱连在一起吗？"

"有钱才能过好日子，有好日子过心里才会高兴啊。"

"我养猫就是为了心里高兴。"

村子里的人不再理睬猫婆，悻悻地走了。

猫们望着走远的那几个人，眼中有了淡淡的忧郁，像无助的孩子看着猫婆。

猫们似乎有了某种不祥的预兆。

猫婆拍拍它们的脑袋，说："没事的，你们又不祸害人，他们也不会祸害你们的，放心好了。"

令猫婆不解的是，无论怎样的安慰，猫们好像并不太相信她的话，一天到晚都是忧心忡忡的样子。

猫婆感到很好笑，心想，猫总归是猫。猫太小心眼了。

过了没多久，让猫婆意料不到的事发生了：猫们全都离开了她！

猫棚里一只猫也没有了，统统不知去了何处。

猫婆跌跌撞撞来到了村子里，找遍了村子的旮旮旯旯儿，仍未见猫的踪影。

猫婆病了。病中的猫婆百思不得其解的一件事就是：她是那样的钟爱猫，可它们为什么要抛弃她？

猫婆快不行了。

那些放学归来的孩子三三俩俩的到猫婆的小石头房子看她来了。家里的大人是不允许孩子们来看猫婆的，他们告诉孩子，说，猫婆养了一屋子的猫，是个有妖气的疯婆子，离她远点。可在孩子们的心目中猫婆并不是个坏人。他们来玩时，猫婆总是把平时舍不得吃的糖果拿出来让孩子们吃。一开始孩子们不好意思吃，猫婆就不高兴，只到孩子们把糖果拿在手上，猫婆才会笑眯眯的领着孩子们去猫棚看那些可爱的小花猫。有时猫婆还让孩子们给猫起名子。

孩子们只能在放学时悄悄来看猫婆。

可是，无论孩子们对她说什么，猫婆都不再睁眼。

有个大点的孩子悄悄对小伙伴们说："猫婆是在想她的那些失踪的猫呢。猫婆太可怜了，我们学猫叫吧。"

孩子们学得很像，"喵喵——喵喵——"

猫婆竟睁开了眼睛。可猫婆已经看不清眼前的一切。但她一定是听到了孩子们的叫声。孩子们看见，猫婆笑了，布满皱纹的脸笑成了一朵九月里的菊花，但只绽放了一小会儿，就一点一点地在孩子们眼前凋谢了。

猫婆和孩子们永远不会知道，那些猫被村子里的人装到麻袋里，悄悄扔到河里去了。

小 鹅

小鹅是个乡下女孩儿。小鹅七岁那年，妈从柜子里抽出一块苹果绿颜色的布料，给小鹅缝了一个布书包。缝完，妈又在书包上用粉丝线绣了一朵娇得不能再娇的荷花。小鹅背着书包去上学，一班的娃儿都没有小鹅的书包出眼，扎小辫子的老师发新书的时候，拿着小鹅的书包左看右看，爱不释手。

小鹅放学回家，妈正在栏里喂猪。小鹅对妈说："老师夸我的书包好看，还夸我长得好看。"妈的眼睛笑成了月牙儿。妈指着小鹅的鼻子说："小鹅你好没羞呵。"

妈的手指头肿得像胡萝卜一样粗。

"又是让爸打的吧？"

"不是。在栏里喂猪不小心碰的。"

"骗人。我看见好几回了。爸老打你。你还不承认。"

"你还小呵。出去不要对外人乱讲。"

"爸又矮又丑，连妈的一个小拇手指头都顶不上。他是一个丑八怪。"

"小点声呵，看让你爸回来听见。"

"丑八怪！丑八怪！"

这时候爸赶着几只老绵羊从地里回来。爸冲着小鹅骂了句："野种！"爸手里的鞭子甩得叭叭响。眼珠瞪得像铜铃铛。妈说："看这一头一脸的汗。小鹅，去给你爸拿块毛巾来。"

小鹅垂着头站在院落里不动弹。小小的人儿却有了心事。爸为什么老骂自己是野种呢？小鹅弄不懂野种是什么意思。更弄不懂妈长得那么漂亮，连扎小辫子的老师都夸妈是全村女人中最漂亮的一个。可是妈为什么害怕又丑又凶的爸呢？爸每次打妈的时候总是一遍遍地重复："连个儿子都给我生不出来。养只鸡会下蛋，喂条狗能守夜。没用的东西！"

　　第二天小鹅再去上学时，绣着荷花的新书包沾上了好多脏泥巴。扎辫子的老师问，小鹅就委屈地趴在课桌上呜呜地哭。小鹅对老师说："爸打我。还把脸盆里的脏水泼在我身上。骂我是野种。"下课后，老师把小鹅的书包洗净晾干。吃过晚饭，扎辫子的老师来到小鹅家里。小鹅爸在地里干活还没回来。小鹅正在屋里写作业。小鹅妈对扎辫子的老师讲了好多好多悄悄话。小鹅几次想跑过来听，都被妈撵回了屋里。小鹅不知她们在说些什么，先是妈一个人抹眼泪，后来扎小辫子的也跟着哭。小鹅好纳闷呵。

　　小鹅上二年级的时候生了一场大病，发烧烧得人事不省。醒来后，忽然在一夜之间双目失明。小鹅哭了一天一夜。小鹅妈也跟着哭了一天一夜。小鹅对妈说："我再也看不见河里游的鱼，天上飞的鸟了。看不见妈的脸，也看不见老师写在黑板上的字了。看不见了呀。我活着还有什么用呵。"小鹅不吃也不喝，一张小苹果脸蛋儿眼看着黄巴巴的瘦了一圈儿。

　　小鹅做梦也不会想到她的亲爸竟是城里的一位大画家。画家像是从天上掉下来似的，给小鹅买来好多吃的玩的。画家一再对扎辫子的老师说："谢谢。"对小鹅妈说："我欠你的太多，这些年难为你了。"大人之间的这些事，小鹅想了半天也没想透。大人的事有时候连他们自己都说不清楚呢。画家是来接小鹅去市盲童学校上学的。路上，小鹅对画家说："妈说你最喜欢画荷花了。可我从小就没见过长在水里的荷花是什么样子。"画家让司机停下车，跑到路边的一口大池塘边儿，摘了一朵粉白色的荷花。小鹅紧紧地握着这朵带露水珠的荷花。小鹅对画家说："我知道荷花的样子了。握在手心里就像菜地里的白菜叶儿。更像过年时妈给我买的扎头用的红绸子。"

　　画家颤着声儿说："对极了。小鹅你的天赋很好。"小鹅不懂天赋是什么意思。在乡下从没人夸过她天赋好。汽车一直开到盲童学校的大门口。父女俩手牵手从车上下来。小鹅死死地拽住画家的手不肯往前走。画家说："小鹅别怕，中午放学我会来接你的。"小鹅说："我不怕。我只是好想能看见你长得什么样子。你是我的亲爸呵。"画家的嗓子眼发紧。小鹅问："能让我摸摸你的脸吗?"画家蹲下身子，小鹅用小手抚摸画家的脸。小鹅说："你的鼻子比我的大。你的脸也比我宽好些。"

　　"小鹅你摸一下爸的耳朵就知道了。"

　　小鹅摸一下画家的耳朵，开心地笑了。笑声像清脆的铃声随风飘荡。小鹅说："一样。真的是和我一样的耳朵垂，又圆又大。你真是我的亲爸呵。"

小鹅紧紧地搂住画家的脖子。"妈说耳朵垂大的人有福气。我真的好有福气。村里铁蛋和二妞的爸都不是画家。我长大了也能当画家吗?""其实你现在就是一个小画家了。""可我是个瞎子呵。""好画并不一定画在纸上,而是画在人心里。"明媚的阳光下,画家湿润的眼睛流下了热泪,一直滴落到小鹅手中那朵粉白粉白的荷花上。

盼 房

有户人家，很穷。穷得连孩子上高中的钱都拿不出来。这个孩子的乳名也有意思：盼房。盼房没上成高中，只好跟着父母无精打采去侍弄田里的庄稼。田里的活儿比在课堂苦多了。

"为什么给我起名叫盼房？咋不起名叫盼学？"盼房这样问父母的时候，脸上的怨恨像田里的草一样茂盛。

"咱山里人有山里人的念想。学不学的，几辈子不也都顺顺当当熬过来了？咱村没上高中的人家照样住上楼房了。你小子要真有能耐，将来也盖幢楼住，那才叫本事。"父亲那时并不知道，就是他的这句话，改变了儿子的一生。

盖楼！盖楼！盖楼！这两个字蝴蝶一样隔三岔五从父亲的嘴里飞出来，在盼房的耳根子边儿上翩翩起舞。那天，父亲让他在田里浇水。那时正是春天。太阳暖暖地照耀着。他的身后除了细声低语的树林，还有空中鸟儿连续不断的歌声。后来，这一切都消失了。他迷迷糊糊跌进了一片广阔的孤寂里。

"狗日的！"被吓人的吼声惊醒时，他揉一下睡眼惺忪的眼睛，发现太阳早落到山尖尖上去了。田里的水早溢到了路旁的脏水沟里。地头边儿上的抽水机还在砰砰响个不停。他吓得赶紧跑过去关上电闸。父亲平时恨不得一分钱都要掰开花。多耗的电，足够父亲半个月的烟钱火钱。

父亲是在放羊归来的途中发现他在睡懒觉的。就在父亲手里的羊鞭快要落在他的头上时，他惊恐万分地说："我做了个梦。咱家的楼房盖得比别人家的高一大截儿。"

像是被施了魔法，鞭鞘儿定格在空中，迟迟没落到他的头上。父亲粗糙的大手掌钢锉一样从他的脸庞轻轻滑过。他明白了一件事：做一个盖房的梦竟能让他少挨一顿皮肉之苦。以往暴躁的父亲动不动拳脚相加，从没这样心软过。刚才，他只是在梦中遇见一顾盼生辉的窈窕女子。那女子冲他莞尔一

笑，然后，如夏日雨后的彩虹，被父亲的吼声击碎。

在交通闭塞的山村，是永远无法邂逅这样的女子的。

盼房走出了山村。走向了城市。见他长得单薄，一个远房亲戚介绍他在建筑工地的食堂里帮炊。他不太喜欢围着锅台转。但他却喜欢那个淘米洗菜的女孩。女孩也是从乡下来帮炊的。女孩开始并不太喜欢和他说话。可是，当那个管食堂的头儿看上了她，并让她的肚子鼓了起来时，她开始主动和他搭讪。他本是个头顶上敲一下，脚底板响的聪明人。他对女孩说："你让头儿来和我说事儿。"

头儿真就来找他说事了。头儿的意思是想让女孩把这个孩子生下来。因为头儿有一个女儿了，却是个残疾。妻子的肚子再也没鼓起来。

盼房说："我不会白替你收拾残局的。是不是？"

头儿说："你娶了她。结婚的钱我来出。孩子生下来，我抱走，到时我还要再给你钱的。"

盼房就娶了有身孕的女孩。等到生下孩子后，头儿没食言。来抱儿子时，给了盼房一笔钱。女孩哭成了泪人。头儿走后，盼房劝她："我肚量再大也不能养别人的种吧？现在咱回乡下老家，在城里越来越不好混了。"

女孩止了泪。女孩不光漂亮，还懂事。盼房当时娶她，就因为她不是个胡搅蛮缠的人。盼房当时没嫌弃她，她在心里多多少少还是念着盼房的好。两人回到乡下，正想盖房，住在后边的邻居正用拖拉机往胡同里运料，说是要盖楼。盼房对女孩说："咱不盖平房了。咱也盖楼。"

女孩小鸟依人的样子，由着盼房的胳膊伸过来把她弯到怀里了。

第二年，女孩就悲悲戚戚地求盼房："咱不盖楼吧。"

盼房说："盖楼盖楼！"

第三年，女孩秀气的大眼睛里，泪珠子一串一串往下落："咱好好的过日子盖哪门子楼？"

盼房说："快了快了。转过年去咱就盖楼。"

第四年，盼房真要盖楼了。女孩却一点精神头儿也没有了。目光瞟到哪儿都是虚虚的，痴痴的，像是被钉在了一个地方。本打算是盖两层的。盼房见邻居家的楼是两层。非要在盖好两层后，再加一层。泥瓦匠拗不过他。盼房也不是不识趣的人，又是烟又是酒的往人家师傅家里送。人心都是肉长的，就加吧。这一加，就把楼加毁了。那天晌午，老爷儿亮堂堂的好得不能再好。师傅们都回家吃午饭了。女孩正在楼下拾掇师傅们喝水的杯子茶壶什么的。就听"咣当"一声，那楼就倒了。倒了，就不见了女孩。等大伙急三慌四赶来，把女孩从破砖烂瓦里扒出来，早没了女孩先前的模样。没等到医院，就在路上断了气。

"盼房呢？咋这几天一直没见盼房在家？"

没人知道盼房去了哪里。

过了十多天，村子里的人才得了信儿：盼房去吃不花钱的饭去了。一时半会儿是回不来了。

老一辈的人说，盼房这娃儿平时老实得像个大姑娘，没见他胡作非为呀。

一些年轻点的这才恍然大悟：也没见盼房做买卖什么的，他盖楼的钱是从哪来的呢？

盼房的邻居这才敢站出来说话，说古时候有个孟姜女哭倒长城的故事。盼房家的房子也许是让他媳妇哭倒的。不知这女人在盼房手里有什么短处，盼房的话，她再不想听，也不敢当面跟他顶撞。她给盼房一年生一个大胖小子，生下来的这好几个儿子都让盼房抱出去换钱了。盼房后来想盖楼都快要想疯了，他媳妇再能干，也只能一年生一个娃儿。他就出去转悠着拐骗别人家的娃儿。她媳妇今年生的是个女儿，求盼房留下。说女儿换不了多少钱的。盼房哪还听得进去？趁媳妇不在家，就把亲生女儿抱走了。结果，这次就栽到了公安人员的手上了。

大伙有钱的出钱，有人的出人，帮衬着把盼房媳妇的丧事给办了。有几个细心的大嫂从盼房家找出了好几身崭新的小孩衣服。这些衣服大都一个尺寸，是盼房媳妇活着时做的。她一年做一身。做好就搁到衣柜子里。她们把这些小衣服和盼房媳妇的骨灰盒放在一块儿，葬到山坡下。

等她们一步三回头往村子里走的时候，就在嘴里念念叨叨："人呀。这人呀！"

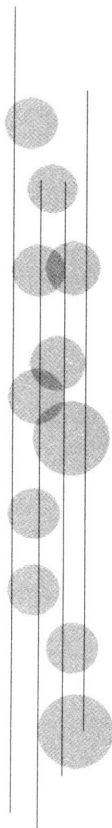

一朵花儿的绽放

她长得很漂亮，是一位眼科女医生。

漂亮的女医生非常的受人爱戴。

她所工作的医院在本地是一家名气很大的医院。

她在医院里是最优秀的眼科主治医生。

她为那么多的病人动过手术，从没出过一次差错。

那天，眼科里要为一个病人做手术，但主刀的不是这位漂亮的女医生。于是，漂亮的女医生找到了医院领导，她说这次手术本应由她来做的，为什么换成了别的医生呢？

医院领导对她说："临时换医生，主要是考虑到你母亲的缘故。"

女医生就有些激动，说："正是为了我的母亲，才更不该换人。"

医院领导说："可是……"

医院领导本来是想告诉漂亮的女医生，其实换医生的原因很复杂，那位正在等待手术的患者也不希望让这位漂亮的女医生来主刀。但医院领导想了想，还是没把这件事情说出来。因为医院领导发现漂亮女医生的情绪很激动，她好像特别在意这次手术。在她一再地恳求下，领导就答应了她的要求。

女医生做过无数次的眼科手术，但是她从没像今天这样如此的谨慎。她早早地来到手术室。一遍又一遍地检查手术前的各项工作是否到位。她的几个助手也被她的情绪感染，和她一样地小心翼翼，连走路都是轻手轻脚。

一切的迹象表明这次手术的确不同寻常。

女医生好像把这些年来积累的临床经验都用在了今天的手术上。因为她看到了患者进手术室时的复杂表情。她对患者微微一笑，患者刚想和她说话，她却垂头忙碌手头的工作去了。

手术做完后，女医生对身边的助手说："我刚才缝角膜第一针时，仿佛看到了母亲的眼睛正在望着我。心情没法平静。"

助手为她轻轻擦拭去脸上的汗水，助手的手也在轻轻地抖动。

助手看到了漂亮的女医生的眼里开始哗哗地流眼泪。

助手没有去劝她。

助手也禁不住掩面而泣。

患者被推回病房，他醒来后一直担心自己的眼睛能不能尽快复明。

患者一直对临时换上女医生来为他做手术不太满意。

女医生来看过患者的康复情况。女医生每次来的时候，患者都想问一下他的眼睛会不会再出别的事情，但是女医生总是默默无言，这更让患者害怕了。

后来，患者的眼睛终于能看清楚周围的一切了。这让患者非常地震奋。患者想表示一下对女医生的感激之情，但是女医生总是不肯给患者这样一个感谢的机会。每次女医生来病房时，患者都想着和她说上几句话，女医生只问他眼睛上的事，别的，根本不回答患者的问话。

那一天，患者要出院了。

患者向眼科的领导提出了一个小小的要求，他想单独和那位漂亮的女医生说说话。

漂亮的女医生来了。

她对患者说："我知道你想问我什么。你在当年抛弃了我，我是恨过你。但我现在早就把这事给淡忘了。"

患者说："我没别的意思，只是想让你来说几句话，让你知道，我非常地感谢你。"

女医生说："这是我的职责。"

患者问女医生："那你给我说一句实话，你现在真的不再恨我了吗?"

女医生说："我用了这么多年的时间来想这件事情，早已想通了。其实，恨是一种很容易传染的情绪，因此我们活着的人尽可能的不要心怀怨恨。人类是因为爱而不是有恨才繁衍至今的。"

患者被女医生的话深深打动。他问女医生："我问过很多人，还是不知道为我捐献眼角膜的人是谁，听医院的领导说是死者的家属不让说出来的。可我真的很想知道是谁。你能告诉我吗? 求你告诉我好吗?"

女医生没说话。

患者可怜巴巴地望着女医生。

女医生就有些心软。

女医生说："捐献者就是我刚刚病故不久的母亲。"

母亲的秘密

　　晶晶发现母亲最近很反常，进厨房前要先照镜子梳理头发，晚上睡觉前不是做面膜就是翻箱倒柜找出好几身衣服，然后对着镜子一身又一身地试穿个没完没了。

　　晶晶问母亲："妈妈，你是不是有了意中人了？"

　　母亲像个小姑娘一样点点头。母亲说："你爸没了这么多年，我一直没找，是怕你受委屈，你现在大学毕业参加了工作，我想找个老伴儿，你不会反对吧？"

　　晶晶说："当然不反对，你早就该找了。什么时候领来让我给你参谋一下？"母亲欲言又止，像有什么难言之隐。

　　第二天，晶晶正在公司上班，门卫说有两个女的找她。晶晶在会客室看到有两位陌生女人在等她。一位是年轻的妙龄女子，一位是头发花白的老太太。晶晶有些纳闷，说："找我有什么事吗？"那位年轻女子说："是为你妈的事找你。你妈不该当小三，勾引我老公公！我婆婆心脏不好，这两天老失眠，要是被你妈气出个好歹，就拿你是问！"

　　晶晶一下就愣在那里，"我妈当小三？有没有搞错？"只见那位白发苍苍的老太太站了起来，显得很激动："当然不会搞错！我本来和老伴儿退休后，安享晚年挺幸福的，可谁知前一阵子我扭伤脚在家，结果，你妈和我老伴儿在公园散步时勾搭上了……"晶晶脑子里一片空白，她都不知道人家婆媳俩是何时走的，屈辱的眼泪顺着脸颊流了下来，对母亲是又气又恨又心疼。母亲年轻时有不少人给她介绍对象，母亲为了晶晶都婉言拒绝了，晶晶觉得母亲现在沦落到做小三的地步，也许是因为平时自己在家陪她的时间太少了。母亲真找就找个正儿八经的，为什么要去插足别人家庭？这要是传出去，自己在单位还怎么待？晶晶越想越后怕，请了半天假回家做起了母亲的思想工作："老妈，你找老伴儿我双手赞成，但你不能当第三者对吧？你五十多的人了，让人家婆媳俩都到单位找我了，你还想不想让我在人前抬头啊？"

母亲根本不吃女儿这一套："五十多怎么了！别以为谈情说爱只有你们年轻人的份儿！那个老太婆伙着儿媳妇虐待可怜的老头儿！他们老夫妻俩一点感情基础都没有了，我就是要等老头儿和那个老太婆离了，然后我就嫁给他！这事不用你管！"

晶晶见母亲一意孤行，真急眼了："你这样我还怎么出门？让人家指着后背说，快来看快来看，这就是那个小三的女儿，你还让不让我活？妈，你把我养这么大不容易，别的事都好商量，这事再拖下去，我就离家出走不回来了！"

母亲已走火入魔，很绝情地说："想威胁我？你现在就可以走了！"

母女俩不欢而散，晶晶摔门离去。

晶晶这一走就是十多天，一直住在单位的集体宿舍里。母亲打过几次电话，让她回家，她都没回去。那天，母亲心疼女儿在外边吃不好，炖了鸡汤，包了三鲜馅的水饺，要给女儿送去。谁知在路上却出了车祸。等晶晶赶到医院时，母亲已被送到重症监护室。还好，抢救了一天，总算保住了性命。但医生告诉晶晶，母亲的左腿不行了，要终生挂着拐走路。母亲出院后，对晶晶说："你搬回家住吧。妈想通了，我不再当第三者搅和人家的家庭了。你是为我的事才不回家的，我是心疼你才想给你送点好吃的，结果搭上了一条腿。这就是报应！"

那天，晶晶刚去上班，家里就来了两个神秘的女人。她们就是那天去单位找过晶晶的婆媳。只见那个年轻女子把带来的礼品放在茶几上，握着晶晶母亲的手说："阿姨，这次真的多亏了你啊！"

晶晶的母亲说："可别这么说，这事过去了，只求你不要和晶晶挑开咱们的事好吗？"只见那位白发老太太说："放心吧大妹子。不会说出去的。这次要不是你想出这么个办法，还不知是啥后果呢。唉！"

原来，这个白发老太太的老伴儿早就不在人世了，她的儿子本来和儿媳感情还说得过去的，有一个两岁的儿子。没成想儿子忽然在外边搞上了婚外恋，天天回家吵着要离婚。后来打听出来，儿子找的小三就是晶晶。母女俩来找过晶晶的母亲，母亲思前想后，说："这事不能硬来，这丫头爱面子，又不听劝，我们要是来硬的阻止，可能会适得其反。咱们的目标是一致的，我也不想让女儿找个有孩子离过婚的主儿吧？我们来演出小三的戏吧。为了

女儿，我豁出去了。"于是，就有了一出母亲当小三的苦肉计。晶晶在这出戏中感受到了做小三的痛苦，本来还想和人家那个有妇之夫生个孩子，后来出了母亲当小三的事后，她思想斗争了好久，体会到了小三的孩子是无法在人前抬起头的，于是痛定思疼，不再缠着那个男的。两人协商好，以后谁也不再打搅谁了，各走各的阳关道。在这场戏收尾时，晶晶的母亲一再不让把这个秘密说给晶晶。母亲对她们婆媳俩说："为女儿，别说是搭上一条腿，就是搭上我这条老命我也乐意啊！只求你们永远不要捅开这层窗户纸啊。"

哭泣的男孩

小男孩也就五六岁的样子，他一直倔犟地往前走。

他明明听到身后的喊声，依然顽强地往前走。

小家伙很聪明，他不跑，只是快速地迈动着两条小腿，尽最大的努力向前方走去。只要一跑，马上会被跟在后边的父亲扯住胳膊，那样，他就一步也挪不动了。刚才。他跑了没几步，就被父亲拦住了。他像头小豹子一样，在父亲手腕上用力咬了一口，父亲疼得直叫，但仍不敢松手。

阳光一缕一缕地穿过马路两旁的树叶，照耀着小男孩一双愤怒的眼睛。

父亲被咬得龇牙咧嘴。

父亲说："你不要命了？让车撞着咋办？"

男孩像头困在笼子里的小兽，眼睛一直望着远处他要寻找的目标。

他发现离那个目标越来越远了。

小男孩声音有些绝望地对父亲说："放开我！我不跑了，我往前走。"

趁父亲不留神，小男孩从父亲的怀里挣脱出来，没命地往前走。

他不敢再跑，并不是害怕被路上的车撞上。他是怕又要被父亲拦住。那样，就会多耽搁好大一会儿时间，离他要寻找的目标就会更远了。

小男孩往前走的时候，眼睛里哗哗往下淌眼泪。他恨自己的步子迈得太小，身上的力气太小，自己的个头也太小，不然，他才不会听父亲的话，早撒丫子跑远了。可现在不行，他一跑，父亲的两只手马上像大铁钳子一样把他夹住，一步也动不了。

忽然，小男孩的眼里有了一层喜悦的光芒。

隔着前边那么多的车，那么多的人，男孩竟能依然看见他要寻找的目标。

男孩期盼着马路上出现好多好多的汽车，那样，他就会和前面的目标缩小距离。

男孩没想到的是，路上的汽车也好，自行车也好，只要等路口的绿灯一亮，马上就像川流不息的河水一样欢快地流向远方。男孩就想起了电视里卡通片上的孙悟空。自己要是有孙悟空的本领就好了，从头上拔根头发，轻轻一吹，就变成了一块大石头。然后把大石头搬来挡在马路中央，把所有的汽车摩托车自行车，统统挡在路上，把路口堵塞得严严的。那样，他就能不费吹灰之力赶上前边的目标。

男孩正在胡思乱想的时候，忽然间发现他要寻找的目标已离他越来越远，越来越远，渐渐地，远方的目标变成了一团模糊的影子，终于从他的视线里完全消失。

男孩的心顿时凉透了。

男孩胖乎乎的小手一直在紧紧地攥着那把闪闪发亮的钥匙。小家伙松开手，望一眼被手心儿里的汗水浸湿的钥匙，心中所有的希望都随着钥匙上冒出来的热气一点点地慢慢消失了。他本以为只要把这把钥匙递到妈妈手上，妈妈就不会离开他和父亲的。因为他听到父亲和妈妈吵架时说过钥匙的事。

父亲说："把钥匙留下。"

妈妈说："等过几天吧。也许我还会回来看看儿子的。"

父亲说："不行，把钥匙留下。人都要飞走了，拿着钥匙有什么用。"

妈妈当时很生气，"哗啦"一下就把那串钥匙仍在电视机橱上。

那串钥匙顺着橱子缝滑到了地上。

妈妈走后，父亲想挪动一下橱子，结果试了几次都没搬动。父亲就让他把小手伸进橱子缝里摸索一下，他对父亲说："没有。橱子后边什么也没有呀。"

等父亲去厨房做饭时，他就悄悄把那串钥匙从橱子后边拿出来，然后悄悄藏了起来。他一心想把钥匙悄悄送给妈妈，那样，妈妈就能常常来看他了。可是，现在所有的希望都成了泡沫。他追不上前边那辆汽车了。妈妈就坐在车子里，他刚才看得清清楚楚，车上，妈妈穿着漂亮的长纱裙，就和电视上结婚的人穿的一模一样。妈妈的身旁坐着一位胸戴红花的叔叔。他说不上为什么，就是从心里讨厌这位叔叔。尽管叔叔给他买这买那，可他就是不肯到妈妈和叔叔布置的新家。

男孩望着钥匙，绝望的样子让父亲心里很不是滋味。但父亲不敢硬让儿子回家。儿子要他答应不把那位阿姨娶回家，并要父亲答应永不给他找一个新妈来家。儿子固执地认为，总有一天，妈妈会离开那位叔叔，回来和他们父子团圆的。但他无法答应儿子的。因为他正打算重新装修房子，过不多久，他就又要做一次新郎了。

儿子是在天快黑的时候，才无精打采跟着父亲往回走的。他从心里不想让父亲把这串钥匙给那位即将来做他新妈妈的阿姨用。他趁父亲不注意，悄悄把钥匙扔进了路边淌脏水的下水沟里了。

然后，男孩就莫名其妙地蹲在那里呜呜地哭泣。两个肉墩墩的小肩膀一耸一耸的。

父亲说："男子汉是不轻易哭鼻子的。你什么时候想妈妈的时候，我送你过去就是了。"

男孩哭泣着说："谁说我是为了想妈妈才哭的?"

父亲就问他，好好的，到底为何哭?

男孩还太小，有好些的话不知如何才能表达出来。男孩天生是个敏感的孩子，他哭泣的真正原因是：他忽然感觉自己就是那串钥匙。

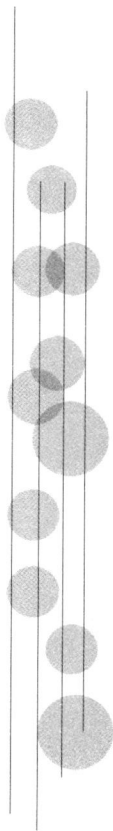

听来的故事

那天，我请海外归来的姑姑吃饭。姑姑吃到家乡可口的饭菜，心里乐开了花。我从小就听大人说久居海外的姑姑很会讲故事。我趁机缠着姑姑讲讲老外的故事。

姑姑爽快地答应了我的请求。姑姑说："我给你讲个在我居住的小区发生的一个非常有意思的故事吧。"

在一个郊外的居住区，住着上百户的城市居民。他们白天到繁华的市区上班，晚上，再搭班车回到这个小区。这个小区有好多的老住户，他们虽然有的在市区里买了新房子，但他们还是不想早早地搬离这个小区。因为这个小区的邻里关系相处得非常和睦。谁家有困难了，说一声就会有人热情地帮着做这做那。

在一个周末的上午，这个小区的人家有的出来晨练，有的开始擦车准备走亲访友。就在这时，忽然有人从一栋楼的十二层楼顶跳下试图自杀！

这位要自杀的人在下落时被从十楼窗户突然射出的子弹击中后，当场死亡！

这位自杀的死者并不知道，如果他不被突如其来的子弹击中的话，他是无法自杀成功。因为在九层的高处有一副保护窗户清洗工的安全网。如果自杀的人下落到九层时，一定会落到这个安全网上的，那样的话，这个人就不可能完成自杀计划。

这个自杀的人是谁呢？

经过警方确认，死者是住在十二层的叫巴可的小伙子。

那么住在十楼的人家为什么突然开枪打死巴可呢？难道他们事先知道巴可会在瞬间从他们窗外落下吗？他们和巴可有什么过节吗？如果这些猜测被一一核实，那么十层的主人就有重大谋杀嫌疑。

十层的主人是一对上了岁数的老夫妻。面对警方的质问，这对老夫妻显得非常的委屈。老头儿和老太太异口同声地说："我们真的不知道猎枪里是放上子弹的啊！"

原来，这对老夫妻时常为生活的琐事吵吵闹闹的。每一次闹起来时，老头儿情绪都会无法控制非常激动，他会抄起猎枪，对着老太太扣动扳机。每次吵闹时都要出现这一幕。因为老太太知道老头儿是不会舍得当真杀死她的，所以，每次吵闹时，常常是老头儿抄起猎枪，该扣扳机还扣扳机，老太太该干什么还干什么。

这次吵闹也是为鸡毛蒜皮的小事情。两个老人吵得不可开交时，老头儿又抄起猎枪，像以前那样对着老太太扣动扳机，但是，这次猎枪里的子弹没打中他的妻子，却穿过窗户正巧击中从十二层落下的自杀者。

现在。老两口面对谋杀指控，他们翻来覆去就是那句话："谁会想到枪里真有子弹？"

警方按照老两口的说法，只能假设另一种解释，那就是说猎枪里的子弹是在老两口不知情的前提下，偶然被装上的。如果这对老夫妻说的是实情，那么是谁把子弹悄悄放到猎枪里的呢？

经过警方细密地调查，终于找到了住在这个小区里的一位目击者，这位目击者证明，在上周他曾看到老夫妻的儿子往猎枪里放过子弹。那么他们的儿子为什么要往猎枪里悄悄放子弹呢？

后来，警方又经过调查走访才弄清楚了事情的来龙去脉。原来，这对老夫妻的儿子因为母亲突然中断对儿子的经济资助，导致儿子对母亲怀恨在心。儿子企图利用父亲常用猎枪吓唬母亲的习惯，想借父亲之手杀死母亲。

案件终于真相大白。案件的主犯就成了老夫妻的儿子。他们的儿子成了谋杀想要自杀者的罪犯。

令人意想不到的是，最后，老夫妻的儿子并没被判刑。因为想要自杀的巴可就是这对老夫妻的亲生儿子。按照当地的法律规定，杀人者自己杀了自己，是不必判刑的……

姑姑讲完这个故事后，长长叹口气说："这人啊，往往是聪明反被聪明误。到头来受害的还是自己。"当时，我们几个陪姑姑吃饭的小辈打心眼里赞同姑姑的观点，忙不迭鸡啄米样地不停地点头。

叶子的故事

　　叶子是个身体很健康的女人。从小到大就没喝过药，更没打过针。有个头疼脑热的小毛病，在家躺上两天就什么事也没了。谁也不会想到，忽然有一天，年轻轻的，她会躺在医院的病床上。现在，她的脸像纸一样的苍白。

　　仔细看，会发现叶子的眼睛里有一丝若有若无的泪光，泪光中折射出让人揪心的绝望。叶子得的病很缠手，如果有钱也许能治好，也许治不好。如果没有钱，那她的生命就快要结束了。叶子是个聪明的女人，她当然对自己的病情了如指掌。因为她以前做过护士，想对她隐瞒病情是件很困难的事情。

　　叶子是个离过婚的女人。

　　她的前夫在外边有了女人，叶子很伤心，但叶子很爱她的前夫，以为只要前夫认个错，这事也就过去了。她实在是不想离婚。没想到的是前夫守口如瓶，死不认账，叶子只好痛下决心，坚决要求离婚。

　　真就离了。

　　离婚后，叶子很快就找了对象，然后又很快结了婚。

　　叶子的前夫也很快找了对象，然后也很快结了婚。

　　叶子结婚后，没过几天就后悔了。她老拿这个男人和她的前夫比。越比越后悔。比如，她想吃什么，她想买什么东西，她的前夫都会记得准准的。有时她还没来得及什么时候去买，她的前夫就早早给她买回家了。而现在的丈夫是不会这样子的。她有时明确表示想要一件东西的时候，她现在的丈夫总是装作听不见或听见后就说这不好那不好。其实她也没真的想要，只不过是要试一下罢了。唯一不同的是现在的丈夫比她的前夫嘴甜。叶子不是神仙，她也有女人与生俱来的共性，愿意听丈夫说那些百听不厌的甜言蜜语。因为这些甜言蜜语可以抚慰前夫带给她的心灵上的伤害。

本来日子就这么马马虎虎过下去了，没想到的是叶子忽然得了这缠手的病。刚开始时，丈夫很像那么回事，每天都要来看看，并对叶子说：你不用发愁，我就是砸锅卖铁也要救你！

叶子听着这些话，感动得热泪盈眶。

出人意料的是当叶子的治疗费花光后，丈夫再也没来看过叶子。开始，叶子以为是丈夫忙工作抽不出时间，后来叶子的一个女同事看不下去，来告诉叶子，说叶子的丈夫不想给叶子治了，嫌花钱太厉害，是个无底洞，想放弃对叶子的治疗。叶子听完后，当着女同事的面，叶子表现得很坚强，她安慰生气的女同事，说：不治就不治吧。活着也没有多大的意思啊。

女同事走后，叶子就拒绝输液，拒绝吃任何东西。医院和叶子的丈夫联系了好几次了，可叶子的丈夫总是东躲西藏，神龙见首不见尾的。

叶子消瘦的不成样子了。叶子曾经是个非常漂亮的女人啊。叶子的绝望和凄凉，让来给她量血压的小护士的眼里也含着泪花。

叶子没想到的是，那天，打门外进来一个男人。男人的身后跟着一个女人。男人是叶子的前夫。女人是叶子前夫现在的妻子。

叶子就闭了眼，恐怕在这个世界里，叶子最不想看到的就是这两个人。

前夫俯下身，悄悄对叶子说：把眼睁开好吗？我们两口子来看你来了，我们商量好了，要把房子卖掉给你治病！

叶子睁开眼，以为听错了。

这时那个女人也过来俯下身，细声细语地对叶子说：姐姐，我们真的是要卖房给你治病！你们毕竟夫妻一场，我支持他卖房！卖了房，我们先租房住，等做生意挣了钱再买就是了！

叶子依然用疑惑的眼神注视着这个女人。

女人读懂了叶子眼神里的疑惑，说：姐姐，我说的都是掏心窝子的话。一个做妻子的要永远支持丈夫做事，只要他做的是善事。

叶子握了一下女人的手。看样子叶子像是有话要对前夫说，女人看叶子欲言又止的样子，就起身走出病房。

叶子问前夫：我听人传说你不是和这个女人好的啊？

前夫一脸无奈，说：那是别人造我的谣。生意场上什么手段都使得出来。我当时都和你讲明白了，可你就是不相信。我现在的妻子真的是离婚后别人给介绍的。

叶子不解地问：她为什么同意你卖房救我？

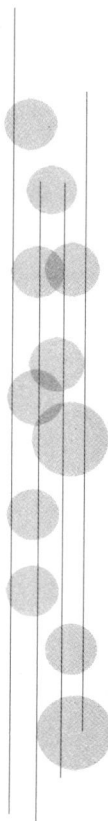

　　前夫说：很简单，我如果能为你出钱治病，就会很快乐。我的妻子说她唯一的愿望就是希望我能快乐！

　　叶子再也没说一句话。

　　叶子那天没有像往常一样拔掉输液的针头。叶子输完液，像个孩子样吃了一支前夫的女人给她买来的香蕉。吃着吃着，好好的，叶子的眼里就流出了像细线一样的泪水。

敢不敢去见一个人

看上去，女人也许三十来岁，也许四十来岁。

这并不重要。重要的是，这个女人咋一看也没啥动人之处，可等你稳稳地看过一眼后，你一定还想再稳稳地看一眼。是那种越看越有味道的女人。对于男人来说，这种女人的杀伤力绝不可低估。

女人匆匆走在大街上。四月的阳光时而飘飘如雪，时而像一把被人随意抛在空中的金币，闪闪烁烁的光芒灿烂地映照在行人的脸上。

女人走呀走，终于走到了她要去的地方。

那个地方住着一个男人。那个男人是她的情人。

但现在不是了。

现在是她的仇人。

她自己也不明白，当初为何会鬼使神差看上这个男人。她一直以为自己是个相夫教子，非常传统型的女人。但是，当她遇到现在要找的这个男人时，却飞蛾投火般扑向这个男人的怀抱。

如果不是经历了这段红杏出墙的日子，她根本不知人世间还会有如此让人销魂的恋情。可是，当她把自己的一切都奉献给了这个男人时，当她正沉浸在甜蜜的恋情中不能自拔时，情人却对她唯恐避之不及，明显地在躲避她。

她见到情人后，没等情人来得及躲藏，她劈头就问："我和你是真心的，难道你一点也没看出来？"

情人翻来覆去就是那句话："我们断了吧。断了吧。这样不好。"

"你现在知道不好了？当初你是咋说的？"

"那是我一时昏头。苦海无边，回头是岸。现在回头，我们都还来得及。"

"天下没那么多的回头路。"

她的脸上弥漫着一种凄惨，一种无奈，一种哀怨。

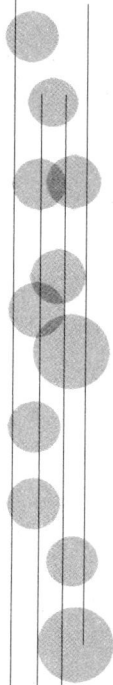

但她不再说一句话。

她就那么静静地看着情人，看呀看。

情人被她看得手脚没地儿搁放。

情人问她："你敢不敢去见一个人？"

她早已豁出去了。把生死也已置之度外。她今生只想要这个男人。她只想早一天离开自己的家，离开自己的丈夫，因为每当她看到丈夫对她嘘寒问暖，呵护有加时，她都被一种煎熬人的自责和羞愧而深感不安。她想，唯一解决问题的办法，就是甜甜蜜蜜地做这个男人的妻子。她愿意为他做早餐，愿意为他洗衣服，甚至愿意为他生孩子。只要他喜欢的事，她都会心甘情愿地为他做。开弓没有回头箭，她打心里不想断。如果她得不到他，如果他真的甩了她，她会恨他一辈子的。

他开着车，她像只疲惫的猫一样，无言地坐在他的身旁。路边所有的景色，都引不起她的丝毫兴趣。她在心里暗自思忖：他要带我去见一个什么样的人呢？只要能得到身边的这个男人，就是去见厉鬼，去上刀山下火海，她都义无反顾，毫无惧色。

车子缓缓地驶出繁华的城区，一直驶向郊外。

终于，来到一个神秘的地方。

车子停在了一个比花园还要好看的院子里。她愣在那里，不知情人葫芦里到底卖的什么药。

情人一声不吭，默默地向一幢漂亮的楼房走去。

她便默默地跟在情人的身后。

从电梯里出来，情人用手指了一下，说："你不要进去，只在窗外看一下就走。"

她好奇地走向情人指给他的那个窗子。

站在窗外，她看到房间里一个穿病号服的女人坐在床沿儿上，一个白衣护士手里拿着几粒小白药片过来，示意那个穿病号服的中年女人张开嘴，然后护士就把那几粒药片送到了那个女病人的口中。再然后，护士就把杯子里的开水递给那个女病人。护士一直没说话，那个穿病号服的女病人也没说一句话。喝完药，女病人就乖乖地躺在了床上。等她离开那个窗子，再走到情人的身边时，她问情人："那里边的病人是你的亲人吗？"

情人说："她是我的前妻。"

"她为何患了这样的病？她受过什么精神刺激吗？"

　　情人没有直接回答她的问话，却答非所问："如果有一条疯狗咬你一口，难道你也要趴下去反咬他一口吗？"

　　她越发不懂情人的意思了。

　　情人说："她和我离婚后，是要准备和一个男人结婚的。结果，那个男人却再也不肯和她约会了。于是，她就正好好的，忽然间在一个风雨交加的夜里疯了。"

　　"你为何要带我来见她呢？"

　　"我和你来往，并不是为了像你以为的那样，是真心喜欢你。我本来是想让你也成她那个样子的。可我后来又改变了主意。"

　　"为什么？"

　　"仇恨永远不能化解仇恨。只有慈悲才能化解仇恨。再说，一味地憎恨别人，对自己是一种很大的损失。我也想通了，宁可自己去原谅别人，莫让别人来原谅你。"

　　"我被你说糊涂了。这一切到底和我什么瓜葛？"

　　"让我前妻精神失常的男人不是别人，就是你现在的丈夫。"

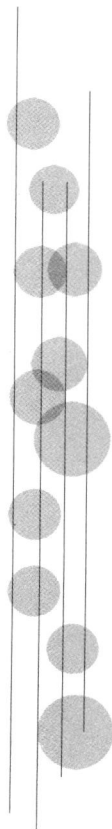

剪子包袱锤

刚成家的年轻人盼的就是能过上一个舒舒服服的星期天。

星期天是不是过得很舒服，就要看早上能不能美美地睡上一个大懒觉。

大李上个星期天在单位加班，不光没睡成懒觉，为了起草一份文件，竟熬了一个通宵。在下边的乡镇上干办公室工作，常常要没白没黑，熬夜是家常便饭。所以，这个星期天因为镇上的事少，大李总算能回家过星期天了。大李最大的心愿就是妻子能允许他在星期天的早上睡懒觉。妻子说："那你要睡到几点才起呀？"

大李说："睡到几点算几点。"

妻子说："谁不想睡到几点算几点？看咱俩谁能睡过谁。"

让妻子这么一说，大李心里就有些敲鼓。大李的母亲这些天一直住在他这里。

老人早上从不贪觉。虽说城市里听不到报晓的鸡鸣，但母亲总能在天刚蒙蒙亮的时候就起来了。母亲说："年轻人都贪睡，你们睡就是了。我到外头花园里做老人保健操去，做完回来把早饭做好就是了。"大李当然从心里愿意多睡一会儿了。可是妻子一个劲地向大李使眼色。

大李只好不情愿地对母亲说："哪能那样，我们能起来的。"母亲去睡下后，大李问妻子："难道早上你要起来做早饭？"

妻子说："你妈住在咱家，理应咱俩有一个先起来做早饭。"

大李说："该不会是我吧？"

妻子说："不是你会是谁？"

大李说："咱俩看看谁早起合适些。"

妻子说："谁这个月往家拿的钱少谁早起。"

大李无话可说。大李这个月的确没大往家拿钱，因为这个月单位上结婚的同事太多了。大李就是大李，他说："不能只看眼前，平时我的工资比你

高多了。再说夫妻之间不能以钱为标准呀。"

妻子想了想，说："那就以这个月有什么特殊的日子为标准。"

大李知道有些麻烦了，还有几天就是三八妇女节了。

看着妻子胜券在握的样子，大李有些不甘心。大李忽然间像是抓住了救命稻草，说："在三八妇女节的前两天就是我的生日了。"

妻子说："不算不算。"

大李说："那咱比试一下，谁的智商高谁就睡懒觉。"

妻子说："我别的比不上你，就是智商比你高好些。"

大李说："这次比输了可不能反悔。"

妻子说："君子一言，驷马难追。怎么比？"

大李说："我小的时候喜欢包袱剪子锤，怎么样？

妻子说："我小时候也喜欢，那就包袱剪子锤。"

小两口表情很严肃地包袱剪子锤。两人讲好，三次定音。

第一次，妻子败下阵来。

第二次，妻子败下阵来。

第三次，妻子败下阵来。

妻子好生纳闷。

妻子说："我认输就是了。可是我输得不明白呀。"

大李因为妻子恩准明天可以睡懒觉了，于是精神大振。便向妻子摆起了龙门阵。大李为妻子分析了失败的原因。大李说，你第一次伸出来的是包袱，这是因为你平时太精明，干什么都想走捷径。伸包袱要比剪子和锤头省力气，所以我伸的是剪子。

第二次，你还是伸的包袱，这次你是按常规思维，你以为我这次不会伸剪子了。因我求胜心切，肯定是要变一下了。所以你还是伸的包袱，而你没想到的是我伸的仍然是剪子。

第三次，你以为无论如何我是不会再敢伸剪子了，所以你来了个逆向思维，冒险伸一把包袱，以为我再大胆也不会三次都不变的，而我恰恰是来了个反其道而行之，仍伸了剪子。

妻子无话可说，但妻子脸上又有些挂不住。

妻子说："人最怕的就是耍小聪明，没准下次你就会犯在我手上，因为人生并不像包袱剪子锤那样简单。水亦载舟，亦能覆舟。"

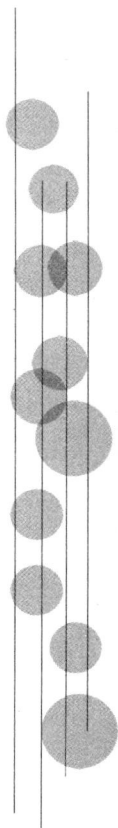

看 书

喜欢看书的人，是世上最可爱的人了。但是看书不是死看硬学，要讲究个灵活。现在我来讲个看书的故事。

故事的主人公叫赵明。他的媳妇叫孔丽霞。

赵明的貌相很一般，个子不高，脸面也平平常常。

孔丽霞却是厂子里百里挑一的大美人。她不光长得秀气，还很能干，把家拾掇得盆是盆碗是碗。在车间里也是样样活路能拿得起放得下。

同事和赵明开玩笑，说："赵明这家伙艳福不浅呀。能找上这么个好媳妇，是八辈子修来的福气。"

赵明每次听到别人夸他妻子漂亮能干时，心里都是美滋滋的。别看他守着人的时候总爱支使孔丽霞干这干那的，没人的时候赵明简直就像换了一个人，每天早上连孔丽霞的洗脸水都要抢着倒。

没想到的是，去年，厂子倒闭了，两口子就同时下岗了。

多亏了赵明有一手会修理汽车的好手艺，钱来得也算容易。

小两口的日子过得也挺顺心。

赵明总是可着孔丽霞的心思干这干那。

孔丽霞爱吃什么样的饭，爱穿什么颜色的衣服，赵明都在心里记得一清二楚。

本来，日子这么过下去会很幸福的。

可是赵明爱看书。

本来看书是件好事，要命的是赵明不管书上说得对不对，都是照着书上的去做。

有一回，两口子一起看电视，正看着，赵明忽然问孔丽霞说："霞，我对你好不好？"

孔丽霞说："那还用问，当然好。"

赵明说："有件事我一直憋在心里，都好几年了，我要再不说出来，就要憋出病来。"

孔丽霞就格格地笑，笑完仍埋头看电视。

赵明却很认真的样子，他低头想了一会儿就抬起头，眼睛亮亮地看着妻子，说："我以前在学修理汽车的时候，跟师傅的老婆好过几天。是她先找我的。事后我挺后悔，就悄悄又找了另一个师傅学修汽车了。"

孔丽霞的脸刷一下子白成一张纸。

赵明说："这件事我从没告诉过任何人，可你是我老婆呀，我那么喜欢你，什么都不想对你隐瞒。"

孔丽霞垂了头，老半天不吭声。

后来，妻子就关了电视，一个人搬到长沙发上睡去了。

过后不多久，孔丽霞就提出离婚。

赵明死活不离。

他哭得像个泪人。

妻子不依，说："赵明，你干吗非要把这件事说给我听呀？"

赵明说："就当我没说。就当我是瞎编。"

孔丽霞说："可是你已经说了。再说，你也不是瞎编呀。"

最后，两人还是离了。

办完离婚手续，赵明一个人跌跌撞撞跑回家，他感到屋里好静，静得吓人。睡觉的时候，他把枕头底下的那本书拿出来，咬着牙，把书撕成了一堆碎纸片——那本书上讲了一个故事，是有关夫妻之间要敢于说悄悄话的故事。故事的男主人公在外边做过一件对不住妻子的事，就回家说了。妻子很感动，不但没怪罪自己的男人，反而比以前更疼爱自己的男人了。

赵明撕完书，仍不解气，就又划了一根火柴，把那堆碎纸片烧了个精光。

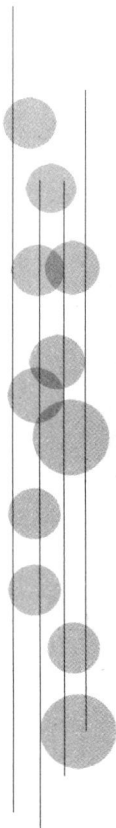

给梦穿上美丽的衣裳

我问小霜，你心目中的白马王子究竟什么样子？

小霜很认真地想了一下，说，我心目中的白马王子并不一定伟岸挺拔，俊逸潇洒。也许貌不惊人，但一点也不让人感觉他是个畏畏葸葸的男人，这种男人是最具实力和魅力的男人。他的眉宇间游弋着若有若无的忧郁，间或掺杂着男人特有的智慧——有阅历和品味的女人才会发现这些。横看竖看，这种男人绝无令肤浅女人一见钟情的地方。

小霜停了一下，意犹未尽，又一本正经地对我说，女人往往把目光定格在那些仪表堂堂的男人身上。这种男人身边美女如云，万卉争妍。他不经意的一瞥，会令涉世未深的异性情窦初开，芳心大乱。这种男人避瘟疫一样暗自栖息在一座孤零零的小岛上，祈求能有一个聪明过人的女人。她可以不漂亮，但她举手投足都有一种灵性。她的阅历，她的聪慧，让漂亮的男人心仪神往。他在梦里寻她千百回，她却一次也没在灯火阑珊处出现——她早就"飞花自有牵情处，不向枝边住。"

小霜滔滔不绝，说到动情处，非和我要支笔，说把此时的灵感写下来。小霜就是这么个女人，热情而又浪漫，她的职业是记者，有时候一点点鸡毛蒜皮的小事也要很认真地用笔记下来。

聪明的女人追求的不是外表，而是心灵刹那间的碰撞。那种碰撞令人神往，五彩缤纷。这种女人深深懂得怡人的外表终有一天会消失在白驹过隙，日月如梭的时光之中。腰缠万贯的男人，身边女人走马灯似地换，家中可以有赤金白银，犀牛头上角，大象口中牙，但他一生也不会得到聪慧绝顶的异性青睐。明珠美玉，投于盲人的事与这种男人无缘。

小霜不像是喃喃自语，更不像是说给我听。我几次想打断她换个话题，却如抽刀断水。

一个有品味的女人，心目中的白马王子，并不一定广知今古，学富五车，但他要有如水之清，如秤之平，如绳之直，如镜之明的人品。这种男人虽然没有出众的容貌，骄人的业绩，但他时时能让一个聪明的女人牵挂。牵挂他的冷暖，牵挂他的事业，甚至牵挂他此时此刻的心情如何。假若这个男人能在一个暖风轻拂的明媚春天，"偷得浮云半日闲"，陪她到一个风软云闲，山明水秀的地方，那里，一岩风景如屏，满目松筠似画，两人一同看日落西山，月升东海。商惑妲己，周爱褒姒，汉嬖飞燕，唐溺杨妃，这个不漂亮的女人在男人心中那么动人。这个男人在女人的眼里变得倜傥脱洒，儒雅神清。

小霜手舞足蹈的样子很是迷人。小霜的手里根本没有笔，可她说出的话却句句像是在为写一篇抒情散文打腹稿。

我和小霜是来江边散步的，不成想一句话却让她打开了话匣子。小霜还在不停地说呀说，我却一句也没再听进去。我只是静静地望着她。我喜欢这样。我想，如果能有这么个美丽可人而又喜欢做梦的女人相伴终生，该是件多么让人惬意的事情啊。

这时，血红的夕阳正在一点一点地往江里落。当夕阳完全被拥入江水的怀抱时，也许夕阳会做一个比小霜的梦还要美的梦。

我本来是一个人来江边散步的，滚滚的江水呈现在眼前时，我的心情更加的沮丧和委屈。我便打电话约了小霜，小霜马上来了，这让我感动得不知所措。

小霜仍沉浸在她迷人的梦中，好像她今天不把梦说完是不会罢休的。

聪明女人看中的男人，不是金钱和权利，而是只可意会，不可言传的感觉。这样的男人，你可能一生一世都无缘相遇，你大可不必沮丧，也许他会在梦中与你相遇。有梦，不就什么都有了，你说是吗?

我无法回答小霜的问话。

我爱小霜，爱的心都要发颤。可我不敢告诉她，追小霜的男人太多。小霜也太完美。当然是我最欣赏的那种完美。在我眼中，所有女人的美都在小霜身上淋漓尽致地体现出来。而我结过婚，妻子死于一场车祸。我的工作和收入没有一样值得炫耀。我真的不敢告诉小霜我是多么多么地爱她。我怕会失去她——哪怕是像现在这样陪她散散步。每次听小霜说话时，就像清澈的小溪从我的心灵深处潺潺流过。那种惊喜，那种美妙，总是久久令我回味无穷。我最近老失眠，当然是为小霜。早上醒来时映入眼帘的烟灰缸更是满得吓人。几次想打电话告诉小霜，但一想起那几个被小霜冷落的男人，只好作罢。我太了解小霜这样的女人了。埋藏在心里，她永远都会给你希望；对她

说出来,她永远都会让你失望。我宁可自欺欺人也不想失望。

那一晚,我和小霜散步到很晚才从江边回来。

分手时小霜忽然问,叫我出来只是为了散步吗?

那一刻,我的腿抖的像筛糠。

直到小霜离开,我也没说出一句囫囵话。

陪伴我的只有满天星星。

我不想回家,我躺在路边的石凳上——那是刚才小霜坐过的地方。

我做了一个奇怪的梦。

梦中,一个善良的朋友告诉我,你现在很幸福。男人在思念自己心仪的女人时,经历的整个过程便是男人的最大幸福。

我说,恰恰相反,你知道我现在有多痛苦吗?

朋友说你知道男人的真正两大痛苦是什么吗?

我说我不想知道。

朋友说你一定要知道。

我点点头。

我发现朋友的眼睛比天上的星星还要明亮。

朋友说,一个是想得到而又得不到。一个是已经得到。

说完,朋友从我的梦中悄然而去。

好 日 子

　　有个男的，很穷。男的一心想过好日子。梦里都想。过好日子没钱不行。于是，男的来到一个陌生的地方。男的有一张能把死人说活得好嘴。男的很快有了一帮同样很穷的朋友。他们发了一笔财，挣到手里的钱还没捂热，就东窗事发，被拘留了好些天，还交了一笔罚款。他们买来一批老奶牛，为这些牛镶上新牙，并把牛的全身染得看不出丝毫破绽，这些老牛像变戏法一样，返老还童后自然身价倍增。

　　为交罚款，男的欠了朋友一大笔钱。

　　男的不光有一张好嘴，还有一个好使唤的脑子。男的闭门思过，想呀想，男的想通了，知道自己错了。错就错在不该招惹那些呆头呆脑的牛。牛又不知道钱是好东西，也不知道好好配合。男的把肠子都悔青了。男的摇身一变，就不是牛贩子了。男的像猎犬一样穿梭于各种各样需要钱的女人之间。男的只和那些需要钱的人打交道。只和那些一心想过好日子的人交朋友。

　　男的不光脑子好使唤，嗅觉更是好得不能再好。他总是能以最快的时间判断出哪些女人能成为摇钱树。贩牛的出师不利，让他长了很多见识。他到一些贫穷的乡下，一番巧言花语，带出渴望过好日子的女人，然后再用一点心计，把她们送到那些渴望娶妻成家的男人身边。一带一送，男的腰包就鼓了。

　　男的腰里有了钱，以前那些唯恐避之不及的朋友又都围上来了。男的总是和他们大块吃肉，大碗喝酒。男的知道上次出事就是因为他赚了钱，却没有打点好朋友，才捅的娄子。那天，一个朋友来求男的帮忙。那个朋友也是靠拐骗女人挣钱过日子。男的还和这个朋友一块合伙干过。男的是个走一步看三步的男人。他可不想得罪这个朋友。

　　朋友哄住了一个女人。

　　女人长得颇有几分姿色。

朋友这次是真的动了心，宁肯不去挣大把的钞票，也不想让这个女人给别人做媳妇。朋友想让这个女人做自己的媳妇。可是女人不乐意，朋友想求男的给想个办法。

男的问朋友："你是玩玩，还是当真动了心？"

朋友说："真心实意想留在身边，就是不和我结婚，只要答应能和我过一夜，我也就知足了。"

男的皱了一下眉，对朋友说："干咱这一行，怕的就是这个。"

朋友说："我懂，可我就是喜欢她。这个女人真的很有味道。"

朋友把话说到这分上，男的也就不好再说什么了。

男的对朋友说："你要让她先死心塌地地不想离开你才行。"

朋友说："门儿都没有，我就是因为没辙才来找大哥你的。快想个办法吧。等我把这个女人弄到手，会重谢大哥的。"

男的知道，朋友才花了八千元钱买了一辆二手车，是个小面包车。

男的说："跟我到一个安全的地方吧。"

天黑的时候，朋友的面包车后坐上多了个麻袋。麻袋里装着一个五花大绑的女人。女人的嘴里塞着毛巾。男的看着女人有些可怜，就远远地躲开，坐到了最前边。朋友开着车，男的也没心思和他说话。有几次朋友在路上下车小解时，男的真想过去给那个麻袋里的女人松绑，让她快些下车逃命去。可是，男的一想到朋友要重谢他，另外，朋友还答应，事成后，还要带他一起去一个更偏僻的地方，多带回几个女人，出手后，挣来的钱和他对半分。男的便有些心花怒放。他强迫自己不回头看那个女人。

车子开了大半夜，来到了一个村子。两个男人没费多大劲就把女人扛到了一个农家小院。

男的对朋友说："你放心好了，这是在我家，不会有事的。我给你放哨，她只要今夜顺从了你，以后就会铁了心跟着你的。女人都是这样子的。"

那一晚，朋友和女的住一个屋。

男的自己住一个屋。

天快明的时候，朋友过来敲男的房门。

男的睡眼惺忪问朋友："顺不顺手？"

朋友说："顺手，就是性子太烈，我没敢给她松绑。一晚上也没敢开灯。我怕天明了她会惹乱子，我想连夜把她轻甩。甩得越远越好，我怕她日后认出这个地方。"

　　朋友说的是干他们这一行的行话，轻甩的意思就是不打算多挣钱了，也就是说遇到不好缠的女人，就不直接送到要娶女人的地方了，而是转手给另一个也是干这行的同伙，只求快速挣回本钱就行了。

　　男的对朋友说："也好。还是要把她装到麻袋里吗?"

　　朋友说："是。那条麻袋昨天晚上被她蹬破了，大哥帮我再找条结实点的麻袋吧。"

　　男的说："事成之后，兄弟如何谢我?"

　　朋友说："重谢。大哥放心好了!"

　　男的屋里屋外转了好几圈，终于找到了一条结实的麻袋。男的把麻袋送过去。朋友把那个五花大绑的女人从破了几个洞的麻袋里拖出来，就在朋友伸手和男的接麻袋时，男的却像抽风一样地抖个不停。

　　那个女人不是别人，竟是他的妻!

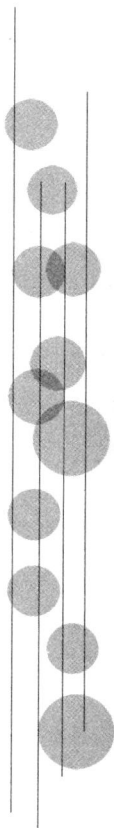

怀抱鲜花的男人

这天是情人节。他想去买一束花送给心仪的女人。正这样想着，花店里的人却给他送花来了。他在收货单上签名的时候，问花店里的人：送花的人是谁？

花店里的人说：是个女客户，但不能说名字，要为客户保密。

花店里的人走后，他一直凝望着那束娇艳的鲜花。好花！他在心里这样由衷地赞叹！女人如花，这花应该送给一个女人。他急于想找一个女人来和他一同分享这种久违的快乐。他匆匆交代了一下公司里的事情，就离开了办公室。

大街上多了位怀抱鲜花的男人。花把男人的红色西服领带衬托得格外醒目。走呀走，男人走到了一幢豪华的别墅跟前。

开门的是位眉清目秀的小保姆。

小保姆告诉他：女主人和丈夫去国外旅游去了。

他拒绝了小保姆的婉约，没有踏进这家别墅的大门。

他是来给这家别墅的女主人送花的。

有一次，他为公司谈一笔生意，谈完了一块吃饭。吃饭的时候认识了这位别墅的女主人。他记得很清楚，从见到这个女人的第一眼，他就被这个女人光华四溢的美所折服。他简直被这个女人迷惑得神魂颠倒。认识的第二天，他就来别墅里找这个有着不同于常人美貌的女人。他有一肚子话要说，可是碍于小保姆在跟前，他只能饱饱地看几眼这个秀色可餐的女人，然后便很绅士地告辞离去。尽管在内心深处，他是那样的不想离开这个像花一样艳丽的女人。

怀抱鲜花的男人依然走在大街上。也许是走累了，也许是怕怀里的鲜花被晒蔫，他拦了辆出租车，朝着城市的另一个方向驰去。

他又要去找一个女人。他依然没给这个女人打电话。

他是个浪漫的男人。

情人节送花，要的就是那种意外惊喜的效果。

他了解女人，超过了解他自己。不然，不会有那么多的女人喜欢他。他要找的这个女人几年前就离婚了。女人一直过着独身的日子。和这个女人是在舞会上认识的。这个女人长得不是很漂亮，却像一团火一样，能够在瞬间把男人点燃。他喜欢被女人点燃。尤其是在刚谈完一笔生意，自己想放松一下的时候，他就会情不自禁地来找这个女人。

当他站在这个女人的家门跟前时，他的手却一直没按门铃。这个门铃是他在女人生日那天送给她的。铃声好听得不能再好了。他听到了门内说话的声音。是一个年轻男人的声音。他也听到了那个女人的笑声。是那种很愉快的开怀大笑。那个女人也曾经和他这样笑过。那都是在他有礼物要送她的时候，她才会发出这样的笑声。

他头也不回地离开了那个女人的家门。

到了楼下，他给那个女人打手机，故意问她在哪儿？女人的声音像火一样，一下一下地烫他的耳朵。女人说正在单位开会呢。

怀抱鲜花的男人再次坐进出租车时，真地是很疲倦了。

车一直开到男人的家门才停下。

怀抱鲜花的男人坐在自家客厅的沙发上，伸手就要去端茶几上的那杯开水。他真地很想喝几口水，好好休息一下。

妻没让他喝杯子里的水，妻说：杯子里是淡盐水。是用来泡这束鲜花用的。听人说，淡盐水能让鲜花多开几天。

他不解地问：你怎么知道我会带回鲜花来？

妻莞尔一笑，让他看一样东西。

他看清了，是一张买花的发票。

原来他怀里这束神秘的鲜花是妻送给他的！

妻说：我知道你会把花送给我的。

妻把花放在水杯里，然后为他放了一首林忆莲的歌《至少还有你》。"我怕来不及，我要抱着你。直到感觉你的皱纹有了岁月的痕迹……"

他的心头一热，去了卫生间。

他打开了水龙头，他也搞不清楚，哗哗的流水洗去的是他脸上的汗水还是泪水。

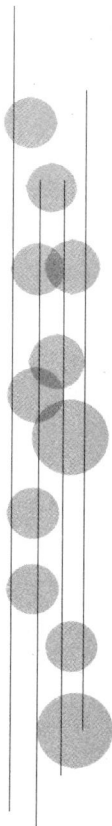

黄昏时的诺言

他们是一对刚办完离婚手续的夫妻。站在车水马龙的十字路口，一个要往左拐，一个要往右拐。两人觉得有必要说句话。说完，从此便是路人了。

他说："我今生一定要找一个最优秀的女人。不然，我死不瞑目。"

她说："我今生一定要找一个会弹琴的男人，不然，我一生独身。"

说完两人背向而行。

那时正是黄昏。

女的没有回家。她打听了好几个人，终于找到了那个弹钢琴的男人家里。

从那个弹钢琴的男人家里出来后，女的径直来到一家婚介所。在填写寻觅伴侣的表格里，女的不假思索地写上了唯一的条件：诚觅会弹钢琴的知音。

女的结婚前不知道自己喜欢听琴声。那时她刚从大学门里走向社会，很快就沉浸在爱河里不能自拔。结婚后，男人忙着做生意，哪有闲暇陪她？她找了几次工作，但都不理想。丈夫又能大把大把地往家挣钱，她便索性做起了专职太太。每天独守空房时，陪伴她的是从窗外传来的阵阵悦耳琴声。她总是屏息聆听这优美的旋律。琴声里蕴含着一种无以名之的神圣激情。

一开始，她只是向往琴声，后来她是那样地渴望想见到弹琴的人。

她常站在阳台上静静地望着对面楼房的一扇窗子。琴声就是从那里传出来的。每当琴声停下来时，总会有一个伟岸的男人出现在对面的阳台上。

丈夫说："你就那么喜欢琴声？你也去学弹琴吧。"

她真地学起了钢琴。但是她的手指好像锈住了一样，无论如何的刻苦，就是不入门。越是学不会，越是崇拜对面楼上那个弹钢琴的伟岸男人。她陷在对那个伟岸男人的爱中不能自拔。丈夫再回家时，她哼哼哈哈的一点热乎劲儿都没有。她的心不在焉终于激怒了丈夫。

两人友好地协议离婚。

她一直在耐心地等婚介所的消息。一等竟然好几个月。

她终于等来了婚介所的电话，让她到婚介所去一趟。有一个会弹钢琴的男人想和她见一面。那个男人也是才离婚。她真就准备去了。可是当她坐在出租车上快要到婚介所时，她的手机响了。原来是母亲住院了。她忙让车把她送到医院。可是又没找到母亲。等她回到母亲的家时，母亲说，刚才心脏不太好，去了医院拿了些药又好了。

等她再去婚介所时，那个男人早走了。婚介所的人因她不守时也有些不高兴。又过了好几个月，她实在等得不耐烦了，亲自跑到婚介所。人家说，一旦有条件合适的，马上和你联系就是了。她就这样不停地等呀等，都等了快一年了。忽然有一天，婚介所又打来电话，说是让她快来一趟。终于有条件合适的人了。她这次上出租车时，首先做的第一件事就是把手机关了。当她心情激动地出现在婚介所时，她一下子愣住了！

她的前夫正笑眯眯地向她走来。

她一脸愕然地看着婚介所的人。

前夫做了一个请的手势。

她没来得及问婚介所的人是怎么一回事，就稀里糊涂上了前夫的宝马车。

前夫把她带到了公司的办公室。她没想到的是，前夫的办公室里新添了一架钢琴。前夫啥也没说，静静地坐钢琴前，悦耳的琴声就从他的手指间像溪水一样潺潺流过。袅袅琴声宛若一对情侣，时而亲吻戏谑，时而追逐逃奔。多少希望，多少绮梦，好像此时此刻都融化在这美妙的琴声里了。一曲终了，她已是热泪盈眶。前夫没说话，轻轻地走过来，把她轻拥入怀。

她对他说："我去找过那个弹钢琴的，原来他是个盲人。一次意外的工伤，竟使他双眼失明。他的妻子弹得一手好琴，就在家办了一个钢琴辅导班。平时没有学生时，妻子为了让盲人丈夫开心，有时专门弹给他一个人听。"

前夫说："分手后，我也去过这个盲人的家。他的妻子就是我的钢琴老师。分手后，我一直在想念你。我是那样的不想失去你。在我眼里你才是最优秀的女人。我后悔死了，就拼命地学钢琴。"

她说："那你的生意不受影响吗？"

前夫说："当然受影响。可我就是因为生意才冷落了你，最后终于失去了你。有失就有得。尽管生意没有原来做得好。但我的确学会了弹琴。有好几次，我都坚持不下去了。钢琴太难学了。可我一想起分手时你说的话，我就又咬牙坚持下来。"

她说："其实我有一次差一点就去婚介所和别人见面了。"

前夫笑逐颜开。

前夫说："你知那个人是谁吗?"

她问："谁?"

前夫说："远在天边,近在眼前。我有一个朋友在婚介所,是他告诉我你去征婚的事。"

她一下子明白了!她说："原来是你和妈妈串通一气来整我呀。"

前夫说;"不是的。我当时一想到快要见你了。就激动得手直发颤。再说那时对我的弹琴技艺也不太自信。就临时改变了主意,没敢见你。我怕再一次地失去你。我只想用最好的琴声征服你,召唤你回到我的身边。"

前夫说着说着,眼里就有了一层水雾。

她久久地望着前夫。望着望着,就又到了黄昏的时候了。

她附在前夫的耳边,悄悄问:"还记得我们分手时说过的话吗?"

前夫说:"记得。我俩现在都实现了自己的诺言。"

绿叶划伤爱你的心

她是一个正在热恋的女孩。她把全部的精力都用来挖掘恋人的一切。比如：恋人在和她认识前曾经和谁谈过恋爱？谈过几次恋爱？谈到什么程度？最后为何分手？是谁先提出的分手……恋人一开始还轻描淡写搭讪几句，可女孩偏偏不看眉眼高低，总是问了一，还想问二，问了二，又想问三问四。恋人说："你为何非要在意我的以前，将来你是和我结婚，又不是和我的以前结婚。"

女孩说："关注你的以前，就是为了将来更好地爱你。"

那时候恋人已心存不悦，但碍于面子又不好说什么。约会时，恋人便除了沉默还是沉默。女孩上了瘾一样，好奇心越发得厉害。女孩通过恋人的同事，打探到恋人在认识她以前，谈过好几次恋爱，结果都是不欢而散。女孩问，为什么呢？恋人的同事神秘地笑笑，说，还不是因为他和一个有夫之妇暗中有一腿。女孩的内心已阴云密布。再约会时，女孩单刀直入地问恋人："你以前谈过好几次恋爱吧？听说都吹了，如果你不介意，能说一下原因吗？"

恋人一直拿眼久久凝视着远方。女孩一直拿眼久久凝视着恋人。

女孩说："求你了！都告诉我！"

恋人说："你凭什么四处打探我？"

恋人耸了一下肩，然后默默地离她而去。她和恋人约会好多次了，她当然知道，恋人每次耸肩时，也是他最愤怒的时候。女孩真的决定分手了。可是她只咬牙硬撑了一个星期，就非常地想念恋人了。她不好意思直接去找恋人，就去找了另一个人。这个人就是许姐。许姐是她最好的朋友。她能和恋人认识，就是热心的许姐给搭的桥。当着许姐的面，女孩把一肚子苦水都倒了出来。许姐说："你不要自寻烦恼，爱自己所爱，不要听别人瞎说。"

女孩说："不知我和他真的在一起，将来是不是会幸福。"

许姐说："你不能预知明天，但可以把握今天。你不能样样胜利，但可以事事尽力。你不能左右天气，但可以改变心情。你不能控制他人，但可以掌握自己。你不能选择容貌，但可以展现笑容。"女孩对许姐的话似懂非懂。但女孩还是想和恋人再见一次面。两人见面时，无论女孩说什么，恋人只是重复那一句话："才认识的时候，我的确很喜欢你。我误以为你就是我的生命之花，但看来我是错了。你只能是我生命中的一片绿叶。"女孩知道再说什么都是徒劳。分手的时候，女孩小心翼翼地问恋人："能告诉我谁是你的生命之花吗？"

恋人说："我可能快要找到了。我的生命之花也许早已在我眼前绽放。可我却没有好好去珍惜。"两人分手后，就再也没有见过面。女孩后来又谈了一个对象，却一直找不到感觉。热一阵、冷一阵。女孩在心里一直放不下她以前的恋人，在她的潜意识里，一直希望恋人会回心转意，和她重续旧好。这期间，女孩去找过许姐，有一次许姐不在家。又一次，她都快走到许姐的家门口了，可是，她又不知不觉地停下了脚步。她怕许姐说她，当初，她要分手时，许姐苦口婆心劝过她多次，要她再处一段日子，可她当时鬼迷心窍，就想快快地分手。女孩心想，也许有一天，恋人也会象她一样的后悔，主动和她联系的。女孩等呀等，终于等来了她以前的恋人的电话。女孩好激动，拿电话的手微微有些颤抖。但电话的内容却让女孩的心在流血：是要她去喝喜酒的。女孩本不想去，可不去又显得自己太没有肚量。等女孩去了后才发现，新娘竟是许姐！许姐有一个儿子，今年三岁了。她的丈夫前年车祸去世。女孩做梦也没想到，许姐竟会嫁给了她以前的恋人。

一对新人过来敬酒。新郎满脸幸福，真诚地对女孩说："谢谢你能来喝我们的喜酒。"

那天女孩并没喝多少酒，却有些头重脚轻。女孩刚才在酒席上无意间知道了一件事：新郎的一位女同事也曾经苦追过新郎，可新郎一直不喜欢这位女同事。当初，女孩找到这位新郎的女同事时，女同事自然说了许多无中生有的话。女孩前脚走，女同事就把女孩来的事说给了单位里的好些人。一时间单位里传说什么的都有，把女孩的恋人弄得抬不起头来。原来，新郎曾是许姐丈夫的大学同学。许姐的丈夫出车祸后，丈夫的同学总是来帮着许姐做这做那。许姐一直在躲避丈夫的同学，并把女孩介绍给了丈夫的同学。但女孩却不知不觉错过了这段美好的姻缘。

错过了，就永远错过了。

礼　物

　　母亲轻轻敲开了女儿的房门。母亲看见女儿伊娉正在一脸甜蜜地试穿婚纱。女儿的未婚夫阿刚也来了，他是来告诉伊娉，喜车订好了，明天一早就来接她。

　　母亲对站在一旁的阿刚说："明天，伊娉就是你的新娘了。我也想图个喜庆，告诉你们一件事情，也算是我送给伊娉的礼物吧。"

　　伊娉说："妈妈是要送给我们一辆小汽车吗？"

　　母亲说："比小汽车还要贵重。"

　　"那就是一套带花园的小洋房？"

　　"十套小洋房也抵不上我送你们的礼物。"

　　伊娉被母亲的话弄得不知东西南北了。阿刚也不知东西南北了。伊娉惊讶地问母亲："是什么样的礼物？看来一定是价值连城了。"

　　母亲对伊娉说："有这么一个女人，十月怀胎生下了你，可是她遇到了难处，只好忍痛割爱，让我们收养了你。不管你现在是不是恨她，也不管她当时是不是一念之差才不要你的，总之，是她给了你生命，也是她把你带到这个世界上来，我想求你认下这个可怜的母亲吧。"

　　伊娉一脸讶然！

　　阿刚一脸讶然！

　　这件事来得太突然了！

　　母亲又对伊娉说："你的亲生母亲现在很可怜，天天盼望着能和你相认。我也思想斗争了好长时间，可我想来想去还是要在你快出嫁的时候告诉你！"

　　伊娉坚决地摇了一下头，又摇了一下头。

　　伊娉说："我不。我就不。我就只有你这么一个妈妈，你就是我的亲妈妈。你为什么要告诉我这些呀？"

母亲说"虽然我只是你的养母，可我也能体会到做母亲的心情。伊娉，我一把屎一把尿把你拉扯大，从没求过你什么吧？这次，就算我求你了，认下你这可怜的生母吧！你和阿刚不会拒绝吧？"

伊娉还是摇头，摇个没完没了。

伊娉说："就算真有这么一个生母，我也不想去认。她生下来就把我扔了，这样狠心的母亲，我何必去认呢？"

母亲说："阿刚，我想听听你的意见。"

阿刚还没来得及说话，他的手机就响了。也许是为筹备明天婚宴的一些小事，阿刚接完电话，就匆匆告辞。

母亲送阿刚出来的时候，说："阿刚，你和伊娉去旅游度蜜月的时候，你好好劝劝伊娉吧。她也许会听你的。她的亲生母亲太可怜了，老伴没了，身边一个亲人也没了。孤零零一个老太婆，还一身的病，你们不管她，她这日子可咋过呀。"

度完蜜月回来，伊娉的母亲就问阿刚，是不是劝过伊娉？

阿刚不解地问："妈妈，问句不该问的话，您老人家为何非要劝伊娉去认自己的生母呢？难道你把她抚养成人，就是为了让她们母女相认吗？你不怕失去伊娉吗？"

母亲说："以前怕，但现在不怕了。就是真失去了伊娉，不是还有你吗？"

阿刚的声音有些发颤："妈妈，你真的这么想吗？"

母亲说："一个女婿半个儿，我没儿子，当然就拿你当亲儿子。我现在又多了一个亲儿子，等我老得走不动了，就是伊娉不管我了，不是还有你吗？"

阿刚说："妈妈，就冲你今天说的这番话，我也要劝伊娉认下她的生母。"

伊娉可不是那么好劝的。她没等阿刚把话说完，就对阿刚说，养母情，似海深。难道你连这个道理都不懂吗？再说，当初，不管什么原因，我的生母抛弃了我，如果不是我现在的妈妈收养了我，也许我早就冻死饿死了。这么些年，我的生母她早干什么去了？现在老了，身体不好了，需要人伺候了，又想起我这个女儿来了，换了你，会认吗？

阿刚说："说实话，换了我，也不会认的。难道你没觉察到吗，我们在外旅游了这么些天，我一直就没劝你认生母的事。"

伊娉说："可你现在为什么劝我？"

阿刚说："是因为妈妈在求我劝你认下生母。她老人家说只要你能认下生母，就算是你报答了她对你的多年养育之恩。妈妈真是一个善良仁慈的好母亲。"

　　阿刚苦口婆心，把嘴皮子都快要磨破了，伊娉总算是勉强答应了。阿刚陪着伊娉去认下了生母。血缘这东西真是太不可思议了，伊娉自从见了自己的生母后，便不再象原来那样对生母怀有偏见。一天到晚总是牵挂着生母的生活起居。她对阿刚说："我没去见老人家之前，总是有些怨恨情绪，可是看到老人现在的身体这么差，心里又不是滋味。"

　　也许是爱屋及乌，阿刚劝伊娉："把老人接来和我们一起住吧。这样你就不用老是放心不下了。"

　　伊娉真就把生母接到家中来。伊娉的养母也隔三差五来陪伊娉的生母说说话。两个老太太格外的投缘。伊娉的生母身板也比原来好多了。没想到的是，伊娉的养母却忽然查出患了不治之症。老太太在弥留之际，老是拿眼看着着阿刚，象是有满腹的话要对阿刚讲，可是又说不出一句囫囵话了。阿刚附在老太太的耳边，说："妈妈，你放心，我会好好疼爱伊娉一辈子的。"老太太轻轻摇了一下头。阿刚又说："我和伊娉一定会好好伺候她的生母的。"老太太还是轻轻摇了一下头。

　　伊娉把阿刚叫到一旁，哽咽着说："妈妈最放心不下的是你。"

　　阿刚一脸诧异："我一个大小伙子有什么放心不下的?"

　　伊娉说："你还记得吗？我们没结婚时，妈妈试探过你，说电视上有一个儿子就是不肯认下自己的生母。当时你说不认就对了。抛弃亲生骨肉的母亲，不认也罢。"

　　阿刚说："记得，我是说过这话，怎么了?"

　　伊娉说："妈妈一直有个愿望，她想等以后咱们有了小宝宝，在你做了父亲的那一天，再送给你一件珍贵的礼物。可是，现在妈妈却说不出话来了。"

　　阿刚被伊娉的话搞得丈二和尚摸不着头。他对伊娉说："你是不是被妈妈的病吓坏了，脑子有了毛病？妈妈要送我什么礼物?"

　　伊娉说："妈妈想让你认下自己的生母!"

　　阿刚说："你越说我越糊涂了!"

　　伊娉说："实话对你说吧，妈妈是怕你以后也不会认自己的生母。因为我本来就是妈妈的亲生女儿，而我现在认下的生母，其实就是你的亲生母亲呀!"

哥哥的木船

有一个男的，智商很高。

有一个女的，智商也很高。

男的和女的很谈得来，后来两人做了夫妻。

再后来，他们有了一个聪明可爱的儿子。

再后来，又有了一个更聪明可爱的儿子。

再后来，他们离婚了。

他们离婚的原因，不是因为两人感情不好，更不是因为有第三者插足，主要是他们的性格落差太大，对一些问题的看法不一致。男的喜欢冒险，总是处于挑战状态。女的喜欢安逸，不太喜欢做一些没有把握的事情。

结果两人谁也说服不了谁，只好分手。

大儿子跟了男的。

小儿子跟了女的。

男的和女的分手的时候，小哥俩也要分手了。

平时，大儿子和小儿子都喜欢玩船，因为家里买不起玩具，兄弟俩就把用过的作业本折叠纸船。大儿子折叠出来的纸船总是又美观又不易变形。而小儿子折叠的纸船总是不太美观，往往没等玩一小会儿，就变了形，一点也没有船的样子了。小儿子从小就自尊心极强，大儿子想教小儿子另一种叠纸船的方法。小儿子试了一次，没成功，小儿子就说什么也不肯再跟着大儿学叠纸船了。

大儿子对小儿子说："我才开始叠纸船时也是失败了很多次才成功的。"

小儿子说："我不喜欢失败。我就会一种叠纸船的方法就行了。"

大儿子说："你那种叠法我早就会，可是有什么用？玩不了一小会儿就变形了。哪还有个船样子？"

小儿子说："没有船样子怕什么？又不是真当船来用，反正是叠着玩的。"

小儿子的这种叠纸船的方法是跟着母亲学来的。母亲手把手教给了大儿子，又手把手教给了小儿子。大儿子很快发现用母亲教的这种叠纸船的方法一点也不好玩，放到水盆里，一会儿工夫纸船就散架了。大儿子就把母亲教他叠的纸船拆了重新叠。当弟弟在水盆里玩着一点也不像船的纸船时，大儿子默默地蹲在一旁叠了拆，拆了叠，小儿子就笑话大儿子是个大傻瓜。

小儿子对大儿子说："连大人都不会另一种叠法，你就能创造另一种叠纸船的方法？你以为你是谁？"

大儿子还是成功了。

大儿子非要教小儿子另一种叠纸船的方法。

小儿子死活不跟着大儿子学。

有时大儿子的样子很凶，小儿子就跑到父母跟前诉说委屈。

那时候父亲总是批评小儿子不求上进。

那时候妈妈总是批评大儿子不会哄弟弟，还数落大儿子一点也不安分，总是这山看着那山高，长大了也不会有大出息的。但父亲总是赞扬大儿子，说大儿子将来一定会有大出息的。

光阴荏苒，一晃，二十年过去了。

大儿子先是参加了工作，在一个街道小工厂里当工人。因为大儿子跟着父亲，所以大儿子命里注定不会找到好工作的，因为父亲总是喜欢冒险，结果总是失败，到最后连固定的工作也弄丢了。但小儿子的工作不错，因为母亲一生都图安逸，所以从没换过工作岗位。母亲为了小儿子，很早就病退了。小儿子就接了母亲的班。那时候，因为两个儿子的缘故，虽说男的和女的已离婚，但有时逢到孩子们的生日时，大家还是要见面的。

见面后，女的就埋怨男的，说："你这样老是喜欢冒险，会毁了我们的儿子的。"

男的说："我们做父母的，不要担心没把最好的东西给自己的孩子。只给孩子最好的你，这才是孩子们最想要的，也是孩子们最需要的。我只想让孩子明白一个道理，一次成功是由无数次的失败堆积出来的。也许我注定一生是失败的，但只要能让孩子看到我不服输的精神，我就感到了安慰。"

女的说："看着吧，儿子早晚跟你学坏，当年真不该把大儿子交给你。"

两个人每次争辩的结果都是不欢而散。

后来，大儿子不安于在小工厂混日子，停薪留职出去闯世界去了。大儿子失败了很多次，甚至有时在外地被人骗光了钱，沿街乞讨过。但大儿子始终没放弃闯世界的追求。

大儿子终于成功了，有了自己的公司，后来又有了下边的子公司。

小儿子虽说在一个国营工厂上班，但好日子不长，厂子说垮就垮了，只能每月领少得可怜的生活费。虽然饿不着，但清贫得吓人。大儿子想帮小儿子，但小儿子不肯听大儿子的话。大儿子就约小儿子去了一个靠海的小渔村。大儿子出钱买了两条小木船，一条送村子里的渔民用来捕鱼。一条让村民闲置在海边。

又过了一年，大儿子又约小儿子来到小渔村。结果发现，那条被鱼民天天用来捕鱼的小木船好好的，而另一条闲置在海边的小木船看外表是没什么变化，但是让人把船翻过来后，却发现木船的底部变得腐朽不堪。

小儿子当时什么话也没说就跟着哥哥回去了。

回去后，小儿子就不再窝在家里领那点可怜的生活费了，他跟母亲说他要出去闯世界。

母亲说："你以为世界是那么好闯的？"

小儿子说："我以前也这样认为，但我现在想通了。我不想做一条安逸的木船，我要做一条寻找机遇的木船。"

母亲说："我不懂什么船不船的，你只要不出去给我惹是生非，我就阿弥陀佛了。"

但母亲的这句话小儿子并没听到，因为他早就跑到外边闯世界去了。

网　恋

他只要一打开QQ，就会看到有一个叫彩虹的女网友正在网上等他。他给自己起的网名也挺有意思，叫酸黄瓜。他打字可快了。当然，彩虹打字也不比他慢。

彩虹：你为什么叫酸黄瓜？

酸黄瓜：因为我感觉生活就像一碟酸黄瓜，又疲又松。

彩虹：为什么会有这种感觉？

酸黄瓜：不知道。就是回家和妻子在一起时不快乐。

彩虹：与妻相处之道，在于无限的容忍……

这样的谈话多了，俩人难免不能没有别的想法。确切地说，刚开始认识时，他只是想在网上说说憋在心里的话而已。他当时还想：权当是自言自语，说给自己听就是了。可是，始料不及的是，三说两说，他发现自己喜欢上了彩虹，如果有时彩虹因工作忙，没时间上网，他就六神无主，魂不守舍。只要彩虹一上线，他就会心跳加快，兴高采烈。两人的称呼也在悄悄发生变化。

酸黄瓜：宝贝，你才来？想死我了。

彩虹：今天单位里杂事多，刚腾出点空来，这不是就来看你了吗？

酸黄瓜：宝贝，你真好。我妻子要是有你这么好，我就是世界上最幸福的人了。

彩虹：你们男人就是这样，吃着碗里的，看着锅里的。

酸黄瓜：你也比我好不到哪去。宝贝，干脆和你丈夫分手，我们永远在一起吧。

彩虹：不。我丈夫的收入很高。我们家很富裕的。我怕将来和你在一起，会过不惯清贫生活，到那时又要分手，多没意思。

酸黄瓜：拥有财富的人，其实是被财富所拥有。你不是说过，有时也很痛苦吗？

彩虹：这个世界就是痛苦的，没有例外。我都快被你迷惑了。

酸黄瓜：人感到迷惑，并不可怜，而当你不知道迷惑时，才是最可怜的。你并不幸福，不要再欺骗自己了。

彩虹：求求你，别再往下说了。

酸黄瓜：当你对自己诚实时，世界上没有人能够欺骗得了你。你不要再欺骗自己了。

彩虹：我们以后不要说各自的爱人了，好吗？

酸黄瓜：为什么？

彩虹：我们每天除了忙工作，在网上能静下心来说会儿话的时间并不多，不要再浪费我俩一分一秒的时间，去想任何我们不喜欢的人，好吗？

那一刻，他心跳如鼓。心想，她终于暗示喜欢我了。他不动声色，悄悄下线。然后，他关了电脑。第二天，他一上班，就打开了电脑，但他并不打开 QQ，他深暗欲擒故纵的道理。他那一天不知是如何咬牙熬到天黑的。他在大街上逛到很晚才回家。第二天，他依然不打开 QQ。到了下午下班时，他感觉自己整个人像虚脱了一样。等他终于坚持不住，颤抖着双手输入 QQ 密码登陆成功时，彩虹一连给他发过来好几个表情图片，都是想念亲吻他的情感图片。

酸黄瓜：宝贝，想我没有？

彩虹：一天到晚我就在这等你。连单位上的好些该干的事情都不能正常干了。

酸黄瓜：为什么？

彩虹：还不是想你想的？

酸黄瓜：我什么时候能把你放下，什么时候就没有烦恼了。

彩虹：你敢！我看你敢把我放下！

酸黄瓜：不敢又能怎样。我又不能得到你。

彩虹：我不是没想过离婚，可我又怕离不成，会在彼此的心灵造成一种创伤。

酸黄瓜：每一种创伤，都是一种成熟。

彩虹：你们男人都是嘴上的功夫。

那晚，他等妻子睡下后，轻轻说：咱离婚吧。

妻子说：好好的，离什么婚？

他说：我觉得咱俩不太合适。

妻子沉默着。一直沉默到大半夜，才问他：如果你真铁了心要离，就依你。强拧的瓜不甜，但你要答应我一件事情，告诉我是不是有外遇？

他开始不承认，但妻子说不把真相说出来，就永不离婚。他想了半天，就只好实话实说。他说从网上喜欢上了一个叫彩虹的女人。妻子又开始沉默。他没敢接着往下说，想等过一天再和妻子谈。第二天，天刚亮，妻子就把他叫醒，说：我昨晚想了一夜，我不会和你离婚的。现在不，将来也永远不离。

无论他怎样地求，妻子都不再说话。

他临出门时，妻子说：要想离婚，就先来给我收尸！

他不想以妻子的生命来换取和彩虹的爱情，他竟悄悄落下了泪。他到单位上后，匆忙打开 QQ，想把昨晚的事情告诉彩虹，没想到的是，彩虹说：我昨晚回家也和丈夫说离婚的事了。看来不离是不行了。

他一时撞墙的心都有。

可是，彩虹又接着发过来一个笑脸图片，说：逗你玩的。我会在现实中做你最称职的彩虹。昨晚我实在不好意思在床上告诉你，彩虹就是你要分手的妻子。我要在网上把你删除了。但我在现实中拥抱你。吻你……

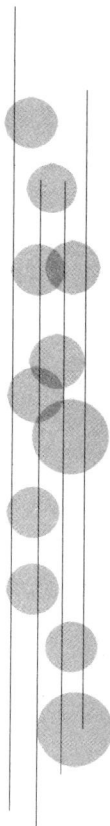

石龙的传说

"我的左眼皮跳。老跳。"玉蝉这么跟婆婆说。

"左眼跳财，右眼跳灾。"婆婆说。

玉蝉挺高兴。

玉蝉一会儿又不高兴了。

玉蝉的右眼皮也在一下一下地跳。

玉蝉不再和婆婆说话，跑到灶屋炒菜去了。

玉蝉的男人是个石匠。精湛的手艺达到炉火纯青的地步。男人话贵，平时很少和玉蝉说话。只知道整天闷头砸石头。家里的事都由婆婆说了算。

天说黑就黑透了。

石匠回来了。

石匠的黑脸膛笑成了红脸膛。

"我得了一件宝物！"石匠跟母亲这么说。

"我在山上砸石头，就从一块石头里砸出了这个。"石匠手里攥着块小石头，有苹果那么大。

玉蝉的婆婆嘴里像是含了一个鸡蛋，半天没合上。

"石龙！"玉蝉的婆婆说话的声音有些颤抖。

"天爷爷！"玉蝉的婆婆说。

"打你老爷爷的爷爷那辈咱家就干石匠，老天终于开眼了。"玉蝉的婆婆又说。

石匠把玉蝉喊到跟前，玉蝉端详半天，也没看出这块石头有什么值得细看的地方。石匠告诉玉蝉，石龙可是千载难逢的宝物。石龙是它的学名，老百姓平常也称它为八棱石。把它放在手上一个棱一个棱地查，怎么查也是六个棱，可你要是用笔做记号，怎么查也是八个棱。玉蝉一查，果真是六个棱。她又翻箱倒柜，找出一支笔，再用笔在石头上做记号，还真是八个棱。

玉蝉打心里喜欢上了这个宝物。

"明儿个进城让人给看看，估估价，心里也好有个数。"玉蝉的婆婆喜眉笑眼地回房睡觉去了。

那一晚，石匠很兴奋，一遍遍地在手里把玩石龙。玩到很晚，石匠才进入梦乡。

玉蝉也很兴奋，使劲儿合上眼想睡，就是睡不着。

玉蝉蹑手蹑脚下床，找了块平时舍不得用的新绸布，小心翼翼地把石龙擦了一遍又一遍，直到把石龙擦拭得一尘不染。玉蝉从心里感激这件像是从天上掉下来的宝物。平时石匠总是抱怨老天不公，辛辛苦苦干一天，汗珠子落地摔八瓣，累死累活地干一年，日子还是过得窄窄巴巴。石匠来家很少有笑模样。一看到石匠脸上的厚云彩，玉蝉就会提心吊胆。成亲后，她还是第一次看到石匠这么开心。

第二天，石匠没去山里采石，一大早就直奔县城。到了一家古董店，掌柜的戴上眼镜看了半天，连连打着咳声："作孽！不该把石龙的头和尾给毁了。一个活宝物就这样死了！"

石匠不相信，接过石龙，用笔做着记号，怎么查也是六个棱。再查，还是。就是查不出八个棱来了。

掌柜的说："这种活宝物价值连城，千年难寻啊。能让你一家过上骡马成群，米粮满仓的好日子。可现在连壶酒钱都不值。"

石匠一张脸苍白如纸。

他想起来了，玉蝉昨天晚上擦拭了好多遍，他都睡醒一觉了，看到玉蝉还在那里擦石龙呢。

玉蝉被乱棍逐出家门。

玉蝉跌跌撞撞回到娘家，娘正在灶屋里焚香敬灶王爷上天："有事你先知，有饭你先尝。上天言好事，回宫降吉祥……"

"娘！娘啊！"

玉蝉面条一样软在娘眼前。

娘大惊失色。双腿筛糠般发抖。娘打量女儿的眼色怪怪的，眼里没了亲情，有的只是厌恶和恐慌，竟有些像惧怕瘟疫似的怕女儿。

"闺女，你在婆家闯下塌天大祸，看你爹买年货回来碰上，连娘也要陪你遭罪。"娘不由分说，从锅里摸出一块年糕塞到女儿怀里，连推带拉把女儿关在门外……那天是腊月二十三，家家忙着过小年。玉蝉叫天天不应，叫

地地不灵。几十里的山路连滚带爬回到家时，家门仍关得死死的。

玉蝉声泪俱下地喊着男人的名字："你的心肠是石头做的？俺为你洗，给你浆，起早贪黑过苦日子，为一块破石头就不要俺了？你的良心让狗吃了？"

玉蝉的嗓子哭哑了，她的哭喊声引不起任何反响。

整个村子死一样沉寂。

后来，天空飘起了鹅毛大雪。

大雪整整下了一个晚上。

玉蝉的双手不停地拍门，直到把手拍得血肉模糊。

那扇大门依然纹丝不动。

回生丹

阿勇走在大街上。

阿勇手上的回生丹一包也没卖出去。阿勇看见路边有好多人围着看墙上的告示，阿勇也跑过去看。有人告诉阿勇，镇上李府的小姐得了怪病，快要死了。告示上说谁能用回生丹医好小姐的病，不光赏白花花的银子，还要把小姐许配给他。阿勇想都没想就过去把告示揭下来了。

贴示的人问阿勇："你会治？要按手印，治不好要告官的，你不怕蹲大牢？"

阿勇点点头。阿勇只想先填饱肚子。就是真坐大牢也比像现在这样挨饿强。

来到府上，李老爷问阿勇："你卖的回生丹是真货吗？"

阿勇说："是我家祖传的回生丹，包治百病。"阿勇还把手上的回生丹递给老爷看。老爷好像并不相信阿勇。来到小姐床前，阿勇看见小姐骨瘦如柴，肚子鼓得挺吓人的，就像临产的孕妇。阿勇让人给小姐服了十几粒回生丹。李老爷吩咐下人好酒好菜伺候阿勇。阿勇饱餐一顿后想悄悄溜走，早有下人在盯着他呢。

阿勇说："天热，出去走走。"

阿勇走哪儿，下人跟哪儿。阿勇答应李老爷三天见效。三天后如小姐的病不见好，李老爷就送阿勇进大牢。阿勇在李府吃了三天的山珍海味，小姐也吃了三天的回生丹，却仍未见起色。第三天的黄昏，阿勇来到镇外的池塘边，他也不知小姐是什么病。回生丹是用红薯面做的，治不了病，也害不死人。下人和他形影相随，显而易见是逃不掉的。阿勇想，今晚只有先稳住李老爷。阿勇蹲在池塘边，心生一计，趁下人不注意，随手用池塘里的黑泥团了好多泥巴丸子。回府后又和下人要了些蜂蜜，说是要配药。夜里，等小姐吃了阿勇配的药，阿勇回到房里，想在后半夜逃走。阿勇没想到，下半夜还

是有人在门外走来走去的。阿勇知道自己完了，天明后，等待他的只有去坐大牢。

第二天，吃过早饭，下人说老爷叫阿勇过去。

阿勇来到李老爷跟前，两条腿抖得站不稳。

老爷说："你知道吗？"

阿勇说："我知罪。"

老爷说："罪？谢你还来不及呢。你的回生丹神了，小姐的病见好了。"

阿勇怀疑听错了，下人对阿勇说："还不快去给小姐用药，等小姐好利索了，老爷要收你做姑爷呢。"

阿勇云里雾里来到小姐绣房，小姐的肚子确实小了好多，阿勇也不知是怎么一回事，又给小姐服了十多粒泥巴丸子。到了过晌，奇迹出现了！小姐的肚子更小了。第二天，小姐和常人一样，说饿得难受，要吃东西。第三天小姐就能下床了。第四天，小姐开始描龙绘凤，插针绣花，跟好人一样。李府上下皆大欢喜，张灯结彩要为阿勇和小姐办喜事。谁也不会想到，办喜事的前一天，小姐离家出走。在此之前谁也没看出小姐有什么异样。

李老爷对阿勇说："是我失信于你，我认你做干儿子，你留在府上给人看病吧。"

阿勇吓坏了。

阿勇说："我不会看病，老爷你饶了我吧。回生丹是假的！"

老爷说："我早就知道。"

阿勇一脸愕然。

老爷说："我家的回生丹才是真的。"

原来李府祖传的回生丹在方圆百里非常出名。后来老有人冒名卖假回生丹，还出了一条人命。人家把李老爷告了，偏在这时小姐又悄悄喜欢上了一个穷男人。眼看结婚无望，小姐就跳了池塘，幸好被人救上来了。可是过了没多久，小姐就得了奇怪的病，肚子一天比一天大。怎么治也不见好。别人都说李老爷卖假回生丹，是遭报应。李老爷便想出贴告示这一招，想把卖假回生丹的人抓住送到县牢，好还自己的清白。让阿勇医治小姐的怪病，只不过是要看阿勇如何表演。李老爷是个聪明人，他知道让人坐牢是要有证据的。

李府的人上上下下都知道小姐的病治不好了，已经在悄悄准备小姐的后事了。

阿勇知道这些后，说："老爷，天地良心，我的假回生丹不害人的。"

李老爷说："要是害人，你现在也早坐大牢了，哪还能坐在这里跟我说话？我只是有些不明白，你的假回生丹比我的真回生丹还厉害。你能告诉我假回生丹是怎么一回事吗？"

阿勇就讲，说小姐吃没了用红薯面做的假回生丹后，他又用池塘里的淤泥做了假回生丹让小姐吃。小姐的病是如何好的，阿勇也不知道。李老爷想了半天，说："兴许是小姐前一阵子跳塘呛了水，蚂蟥趁势钻进了小姐的肚子里去了。蚂蟥的学名叫水蛭，雌雄同体，生活在池沼或水田中，吸食人畜的血液。小姐服了假回生丹后，蚂蟥闻到了淤泥的腥味，钻进假回生丹里去后，又随着大便排泄出来了。"

阿勇问李老爷："你还送我坐大牢吗？"

李老爷问阿勇："你以后还卖假回生丹吗？"

阿勇说："不了。再也不了。我只是饿坏了才想这损招。"

站在一旁的下人说："这也是老爷平时积德行善，小姐才大难不死。"

那一晚，阿勇悄悄跑了。

本来李老爷是想多赠些银两，留他住几天的。

李老爷知道后，长叹一口气，对下人说："罢罢罢，随他去吧，天意也。"

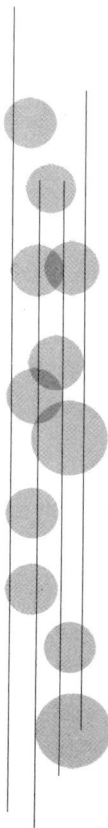

心灵之光

三墩和玉玉下个月就要成亲了。两人忙着去家具城买家具，去服装店订结婚礼服。谁也不会想到，偏在这节骨眼上，三墩差点出了大事。

那天，三墩和村子里的年轻人在半山腰上开山修路，歇息时，一块磨盘大的石头忽然从山上滚下来。当时，三墩正在看小人儿书，眼瞅着石头就要朝着他这边滚过来，他却浑然不觉。说时迟，那时快，只见一个人影子一下子朝着三墩扑过来，把三墩压在身下。

三墩脱险了，可是舍身救三墩的二毛却被石头压残了腰，要终生靠双拐走完人生。

为给二毛治腰，三墩把准备结婚的钱全拿出来了。玉玉也把准备用来买嫁妆的钱全花在二毛身上。一切都无济于事。

村里的人有的给二毛煮鸡蛋，有的给二毛炖排骨汤。二毛知道大伙的日子过得也很艰难，无论谁送来的饭菜，他都不肯吃一口，也不睁眼看谁一眼。大伙出了二毛的家门，说，二毛这孩子命苦，打小死了爹娘，没人疼没人爱的，这往后的日子咋过呀？这孩子不吃不喝，看来是心凉了。过日子，就怕心凉。

一些上了岁数的大婶大娘，一边劝说二毛多吃点东西，一边悄悄抹眼泪。她们当着玉玉的面，说：唉，老鼠单咬病鸭子，这事要摊在别人身上，还有人管有人疼的，咋偏偏让二毛摊上呢？不吃不喝的，这孩子没大活头儿了。

玉玉心里像是有块石头坠着，她当真替二毛发起愁来。一个生活不能自理的男人，无兄无妹的，往后的日子咋过呢？

玉玉去找三墩，说，三墩，我要做件对不住你的事了。你不要记恨我啊。

玉玉啊，我什么时候记恨过你啊？

三墩，我们分手吧。我们不能扔下二毛不管啊。

玉玉啊，我明白你的心思了，你是要救二毛，就像二毛舍命救我一样，对不？

玉玉朝三墩点点头，满脸都是泪珠子。

玉玉啊，话说到这份儿上，我要再拦你，我还是个男人吗？

玉玉没想到的是，就在她找三墩商量分手的第二天，三墩就卷好行李卷子，一个人悄悄去外地打工去了。

玉玉嫁给了二毛。二毛一天到晚拼命编筐。手都磨破了，玉玉嫌他太累，不让他编，可他死活不听劝，有时候血顺着刚编好的筐往下淌。从山外来收筐的人看二毛可怜，每次都是先收他的筐。

二毛做梦也没想到他会患上不治之症。玉玉为给二毛治病，竟悄悄去卖血。

三墩从外面回来了。他到医院看二毛。并给玉玉留下了一大笔钱。玉玉眼里就流下了泪。

玉玉去医院食堂打饭，骨瘦如柴的二毛已被病魔折磨的没了人样子了，连说话也很费力气。他断断续续地对三墩说，三墩哥，这几年你没少给我们寄钱。我也是快要死的人了，我有一件事一直瞒着你。这件事在我心里压了好几年了。你不会怪我吧？

三墩说，你救过我的命，我谢你还来不及。

原来，当年二毛因为暗恋玉玉，恨不得想个法子把三墩弄死。他当初并不是真心救三墩，那天他一看从山上滚下来的石头，第一个念头就是不想让三墩躲开，他要和三墩同归于尽，一起命丧黄泉。谁让他打心里暗暗喜欢玉玉呢？他暗恋玉玉的痛苦，不能和任何人讲。这种痛苦像一把看不见的刀子一样，天天在他的心里搅来搅去的。他当时心里只有一个念头，我得不到玉玉，你也别想得到。讲到这里，二毛断断续续地对三墩说，就我这样的人……哪还有脸配要你的钱……

三墩没等二毛说完，就抢着打断二毛，原来，他也并不是像二毛想象得这么好。他并不是真心为给二毛治病。这几年他一直没在外面找对象，因为他心里一直放不下玉玉，那几个去山里收筐的人也是三墩出的钱。三墩知道二毛打小体质弱，就特意叮嘱收筐的人每次去都要把二毛编的筐全收走。三墩心里只有一个念头，就是想把二毛的身体累垮。他在城里一连在几个地方同时打工，起早贪黑，不要命地挣钱，就是为了不停地捎钱回来，就是想让二毛心里不痛快。他知道二毛平时是个很要强的人。他这次回来，也是想通过出钱为二毛治病，来感动玉玉将来和他在一起过日子……

三墩说不下去了，三墩握着二毛的手，说，兄弟啊，我也不是个好人啊……

这时候，一抹明媚的阳光从窗外照进来，一直照在两个男人脸上和身上。

美丽的向往

那天，空中飘着罗面一样的细雨。

我从细雨中走来，一直走到楼上的办公室。坐下后，忽然间非常想念一个人。到底想念谁？我竟一时说不上来。但我心中的的确确是在想念。那种想念很撩人，我试着看了会儿报纸，跑到隔壁办公室找漂亮女同事聊天，都无济于事。我皱着眉，一副愁肠百结的可怜相。后来，我拼命搜索这些年来我曾经想念过的所有人，男的女的老的少的，竟吃了一惊，在我脑子里晃来晃去的竟都是些帮我办过事的人，或多美言几句让我坐了办公室的上司，或为我女儿上幼儿园，低三下四求过人的铁哥们儿……我静静地一个人在办公室待了半天，竟无一人能承载我莫名其妙的思念。

人世间最大的幸福就是你在思念的时候，闭上眼睛也能看见这个人；最大的不幸就是你沉浸在难言的思念中，但无论如何你想不起思念的这个人是谁，但你又陷在这种思念里不能自拔。在这种苦不堪言的煎熬驱使下，我一个人骑上摩托车在城区里毫无目标地兜来兜去。

一个苍老的声音响在我的耳畔。

我停下车四处打量，周围并没有一个老人。

就在那一刹那，我明白我想念的人是谁了。

我掉转车头，向着城外飞驶而去。

我来到了一个小镇。

年老的姑姑就住在小镇上。

姑姑看到我，显得有些激动。

"没想到你今天来看我。"

姑姑笑容可掬。

"我就知道你不会忘了我这个孤老婆子的。打小我就看出你是个有出息的孩子。"

我垂了头，低声说："姑姑，小的时候你最疼我。可我直到现在也没混上一官半职。"

"傻孩子，在老人眼里，有没有出息，并不在乎你是不是当官。懂吗？"

我点点头，说："姑姑，以后我会常来看你的。"

姑姑高兴得像个孩子，仍像十多年前那样牵着我的手，沿着镇上的石板小路，向那个卖冰糖葫芦的小摊走去。

我的父亲兄妹六个，姑姑是老大，我父亲最小。姑姑很喜欢我的父亲。后来，姑姑结婚后一直不生育。我小时，父亲让我在姑姑家待了好几年。我每次在学校里领回奖状，姑姑都要笑眯眯地夸我有出息，并牵着我的小手，去买一串冰糖葫芦犒劳我。

来到卖糖葫芦的小摊前，姑姑掏出一个小手绢，一层层地打开，摸索出一枚崭新的一元钱硬币。姑姑端详了半天，才恋恋不舍地用那枚硬币给我买了串糖葫芦。

"吃吧。"

姑姑慈祥的目光抚慰着我，我仿佛又回到了十几年前，变成了那个流清鼻涕的光头娃儿。我一点也没感到难为情，就在大街上，众目睽睽下吃那串酸酸的甜甜的糖葫芦。

吃完，姑姑干枯的手抖动着，帮我把嘴角上的冰糖碴儿擦拭掉。

"姑姑……"

我想问一下，她是否喊过我？

我的确在城区的大街上听到她说话的声音。

可我的嗓子眼儿堵得难受，说不出一句囫囵话。

沐浴在温馨的亲情中，我的心灵得到了未曾有过的安宁。久违的感觉，久违的温暖，我把头低低地垂下，我不想让姑姑看到我的眼睛，但不争气的泪水还是轻轻滑落在姑姑花白的头发上。

姑姑长长呼口气，说："好了好了，咱回家吧。我给你擀鸡蛋面条喝。"

回家的路上，姑姑告诉我，刚才花掉的那枚崭新的硬币，本来是她准备用来上路时含在嘴里的。人临上路的时候，嘴里是不能空的。空了到那边儿要挨一辈子的饿。她怕跟前没人，到咽气时要早早地自己先放到嘴里含上才放心。她想早早地准备身后的事。现在，我来看她，她心情好多了。

姑姑说："有你常来看我，兴许一时半会儿这枚硬币又用不上了。"

我说："姑姑，明天我把你接到城里住几天吧。"

老人开朗地笑了。笑得像个孩子。

在老人的笑声中，我又一次落了泪。

我知道，等我再回到我居住的城区时，我是不能轻易落泪的。

城市不需要眼泪。

我忽然间明白了一件事：我真的是长大了，长大了的我是那样的向往我的童年。向往到一个人少的地方。

姑姑是真的老了。

苍老的姑姑是那样的向往城市，向往人多的地方。

那一晚，我住在了姑姑家。我想，以后我会常来看看姑姑的。常到乡下来看看走走。这里才是我向往的地方。

我和姑姑都沉浸在美丽的向往中。

当我早上醒来时，姑姑没能从床上起来。姑姑永远地走了。但姑姑的脸上没有丝毫的痛苦表情。

是我带给了姑姑美丽的向往，但姑姑又带走了我的美丽向往。

人生就是这样，总是有太多的无奈在不远不近的地方等着你。

你向左我向右

有一个姑娘是个胖子。

有一个姑娘是瘦子。

俩人在一个办公室上班。

胖姑娘喜欢打扮。工资刚发到手里，眨眼工夫，身上就又换了一身新衣服。

瘦姑娘不是不爱打扮，她总是以为胖姑娘四肢发达，头脑简单。

瘦姑娘和胖姑娘都是刚参加工作。她们的工资都少得可怜。

按理说，瘦姑娘的家境比胖姑娘的家境还要宽裕些，可她不敢早早地把工资都花在自己身上。她的人生哲学是走一步，看三步。不行春风，哪来秋雨？她的工资有很大一部分用来请其他办公室的同事喝酒呀，吃饭呀。当然人家也不会白吃。有时也会再主动请瘦姑娘。瘦姑娘的人缘比胖姑娘强一大截。瘦姑娘在领导跟前人缘更是出奇地好。哪个领导家的孩子结婚了，哪个领导又搬新家了，瘦姑娘心里都有一本账。随份子的事谁也没她出手快，更没她出手大方。

胖姑娘看不惯瘦姑娘。

瘦姑娘看不惯胖姑娘。

胖姑娘问瘦姑娘："你活得累不累？"

瘦姑娘问胖姑娘："你说人傻不傻？"

胖姑娘笑笑。

瘦姑娘笑笑。

胖姑娘和瘦姑娘井水不犯河水，虽说彼此有些看不惯，可到底都是从大地方的名牌大学门里走出来的。两人不会像小市民那样，你在背后说我东，我在背后说你西。她们表面上有说有笑，但在内心深处却有一个共同的奋斗目标。两人都明白，目标只有一个，早早晚晚会有那么一天，不是胖姑娘先到达那个神秘的目标，就是瘦姑娘先到达那个神秘的目标。

瘦姑娘遇上不顺心的难事儿，就想找别的同事说说。她希望能通过同事的倾力相助，让自己把那些不顺心的事一件一件地摆平。她平时花费了那么大的心思，投桃报李也在情理之中。每每瘦姑娘平日里的付出得到回报时，她都是加倍地做那些胖姑娘不屑一顾的请客送礼的事情。

"在家靠父母，出门靠朋友。"瘦姑娘常把这句话挂在嘴上，

胖姑娘总是微微一笑，说："有些事靠朋友，有些事恐怕不行。"

胖姑娘当然也有遇到难事的时候，她不像瘦姑娘那样四处求人。她喜欢到大街上转一圈，再回到办公室时，手里就会提上一大兜子鸡鱼肉虾什么的。她会美美地饱餐一顿，那神态仿佛她是一个大富婆，手里有花不完的金子银子。

两个姑娘就这么各持己见，在一个办公室里相处了三年。

终于，两人共同期盼的那个目标袅袅地向她走来：单位里有一个科长内退，空下来一个名额，按学历，按能力，胖姑娘和瘦姑娘都是第一人选。

两人不相上下。

一时间众说纷纭。

有说同意胖姑娘当科长的。

也有说同意瘦姑娘当科长的。

最后领导也难定夺，干脆来了个孩子哭了抱给娘的老办法，把胖姑娘和瘦姑娘都报上去了。上边批谁算谁吧。

结局是胖姑娘当上了科长。因为在工作成绩考评这一项里，胖姑娘比瘦姑娘多发表了好几篇有学术参考价值的论文。而瘦姑娘虽说在投票的时候比胖姑娘多，但她一篇有分量的论文也没发表过。

胖姑娘就要走马上任了。

临走的时候，瘦姑娘想了半天，还是不服气，就忍不住问胖姑娘："你什么时候写了那么多的论文？我可一点也不知道啊。"

胖姑娘说："我在工作上有了委屈，不太喜欢到处诉说，也不想到领导那里讨公平。我消解委屈的最好办法就是闷着头写论文，或钻研业务上的难题。然后我就奖励自己，或买一身新衣服，或美美地撮上一顿。"

瘦姑娘说："没看出来，你小小年纪，还能掐会算啊。"

胖姑娘就笑着坐到瘦姑娘身旁，她说我以前听别人讲过一个有意思的故事。故事的内容是这样的：有一个男的在屋檐下躲雨，看见观音正撑伞走来。

这个男的说：观音菩萨，普度众生吧，带我一段如何？观音说：我在雨里，你在檐下，而檐下无雨，你不需要我度。男的立刻跳出檐下，站在雨中。男的说：现在我也在雨中，度我了吧？观音说：你在雨中，我也在雨中，我不被淋，因为有伞，你被雨淋，因为无伞。所以不是我度自己，是伞度我。你要想度，不必找我，请自找伞去。说完，观音便头也不回地走了。第二天，男的又遇到了难事，便去庙里求观音，走进庙里，却发现观音的像前也有一个人在拜，那人长得和观音一模一样，丝毫不差。男的问：你是观音吗？那人答道：我正是观音。男的好奇地问：那你为何还拜自己？观音笑道：我也遇到了难事，但我知道，求人不如求己。

胖姑娘讲完这个故事，瘦姑娘似有所悟。嘴里喃喃自语："原来是这样啊！"

瘦姑娘走出办公室的时候，只对胖姑娘说了一句话："成功者的秘诀，只有两个字：自救。"

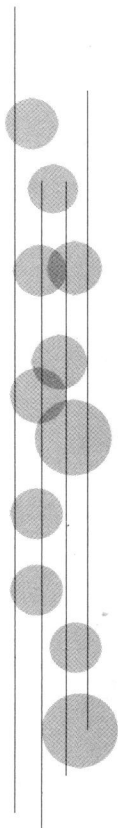

垒　墙

　　宏家铺子在县城里是个老字号的店铺。专门经营各式各样的咸菜，味道独特。宏老板人缘好，常为街头的乞丐施舍些稀粥菜饼什么的。口碑颇佳，生意一直红红火火。

　　那年夏天，到了雨水季节，护城河里的水已淹没了桥墩。宏家铺子紧挨着护城河，院墙被河水冲垮了，一缸缸的咸菜顺着河水漂走了。没漂走的也被淹在水中。再好的咸菜，着了雨水就会长白醭腐烂。

　　宏老板急得嘴上长了水泡，忙把账房先生叫来，说是要快快找来泥瓦匠，预算一下修筑院墙的费用。别的事都往后拖，先垒院墙要紧。要说起这院墙，可真成了宏老板的一大块心病。年年垒，年年又都被河水冲塌。铺子里每年都要烂掉好多咸菜。

　　当修筑院墙的料备齐后，在开工的酒席上，宏老板心口疼的病又犯了。病一犯，宏老板就要回乡下医治好长时间才好。宏老板想走，又不放心垒墙的事。交给账房先生，又觉不妥，毕竟是外人。以前犯病时都有少爷主持店铺里的事，可现在少爷去外县进货，一时半会儿又回不来。

　　这时，少奶奶说垒墙的事交给她好了。

　　宏老板有些不放心，少奶奶是今年春上才嫁过来的新媳妇，对铺子里的事又不太熟悉。一个妇道人家，又这么年轻，能行？

　　就在宏老板犹豫不定时，来接宏老板的马车已到了县城。

　　少奶奶给公爹跪下磕过头后，说，放心好了，如若垒墙出了差错，情愿受罚就是了。

　　宏老板左叮咛右叮咛，直到账房先生也过来，保证一定要帮着少奶奶打理好铺里的事，宏老板这才坐上了马车走了。

　　少奶奶做的第一件事，就是吩咐厨师把午饭由原来的白面馒头改成黑窝头。把大锅菜猪肉炖粉条换成胡萝卜咸菜。

中午歇息时，泥瓦匠个个一脸的厚云彩。

少奶奶过去和他们说话，也没人给她好脸。

账房先生过来劝干活的师傅，说，兴许，少奶奶是想在过晌的饭里多加些酒菜什么的，怕中午喝了酒误事。

可等到了过晌开饭时，还是老一套：咸菜窝头，外加白开水一大碗。这下可惹恼了干活的师傅。一个个鼻子不是鼻子脸不是脸的。

第二天，仍是咸菜窝头。

第三天，账房先生沉不住气了，对少奶奶说，以前，老爷都是好酒好菜的伺候，你这样，人家能给咱把墙垒好吗？

少奶奶不说话，只是眯眯地笑。

歇息时，干活儿的师傅私下里商议：这个少奶奶也太抠门了，她以为这样能省好些银子哩，咱给她来个磨洋工，出工不出力。垒的时候，多加石灰，多给她费料，反正是按天数算钱。表面上看她是省了，实际上咱要叫她哑巴吃黄连，有苦说不出。

主意一定，这伙子垒墙的人可就不再好好干活了。干不了一个时辰，就要扎堆在树下摆龙门阵。一天干不了几瓦刀的活。那墙垒了十多天，也不见往高里长。

账房先生可真急了，对少奶奶说，平时老爷连叫花子都管，你也太狠心了。做人要厚道。你把人都得罪光了，往后铺里的院墙再塌了，看谁还来修？

少奶奶还是眯眯地笑。

少奶奶说，我就不信这个邪，干活给工钱，一个子儿也不少他们的。他们是来干活儿的，又不是来坐席的。只要他们搭得起功夫就行。我奉陪到底就是了。

账房先生说，早几天完工就把工钱省出来了，你这样花销会更大，看着吧。

账房先生还想说点什么，少奶奶仍是脸上挂着笑，问账房先生：这垒墙的事，到底是你来管，还是我来管？

账房先生可真生气了，再也不来过问垒墙的事了。

往年三四天就能把院墙垒好，这次整整垒了一个多月才完工。

喝完工酒那天，少奶奶过来敬酒，满桌子的人没一个搭理她的。

少奶奶躬身施礼，说，诸位师傅，等会儿我敬完酒，就把工钱付给各位。

几位师傅仍不搭茬。

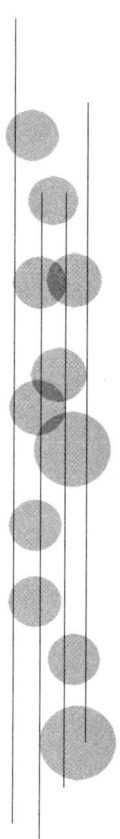

喝完酒，少奶奶出来送师傅时，把工钱发给了他们。发完，少奶奶又笑眯眯地说，师傅们慢走。

少奶奶又让店里的伙计给每位师傅多发了一个红包。

少奶奶说，这是我给各位的赔罪钱。这笔钱远远大于你们应得的工钱。我这样做，也是迫不得已。

几位师傅还是不明白少奶奶的意思，稀里糊涂地接过多给的红包，就都醉醺醺地走了。

等宏老板病好回来后，问少奶奶到底是怎么一回事？

少奶奶说，咱家的院墙年年修，并不是因为河水太猛的缘故。

宏老板说，那是什么缘故？

少奶奶说，以往，你总是天天好酒好菜地招待，人心都是肉长的，人家恨不得一天当五天用，石灰尽量省着用，结果墙就垒不坚固。我这次就是要让他们垒得越慢越好，晾好了茬，这墙就不怕河水冲了。以后再也不用年年垒墙了。

果真，宏家铺子的院墙再也没被河水冲塌过。

你是不是仙女

有个男的，长得好，口碑也好。

他的妻子却嫌他这不好，那不好，非要离婚。

男的死活不离，妻子死活不依，就离了。

伤心之余，凡来说合亲事的，男的一口婉拒。

一晃，就是大半年。

也是该当有事。

那天，男的下夜班，路上空无一人。男的骑着自行车，听见一阵若有若无的嘤嘤哭声。男的停下来左右打量，见有个年轻女子站在路边的树下，正泪眼汪汪地望着他。

男的好生纳闷，上前问过才知：年轻女子是外地人，来这打工，刚才下夜班在路上被歹人非礼。她和好几个打工妹合租郊外的一间平房，女子无颜回去见人，又举目无亲，只好在这伤心哭泣。

男的这才看清，女子的花上衣已被撕破，脸和脖子都有抓伤的痕迹。男的有心想让女子上自己的自行车，又恐人言可畏。男的沉思片刻，便仍骑车赶路。可是，骑了一段路程，男的耳畔一直萦绕着女子悲悲戚戚的哭泣声。

男的又一次停下车子。

在这郊外空旷马路边，一个孤零零的女子，衣服破了，身上也被抓伤，要是再一次碰上歹人咋办？男的这样想着，就又掉转车头，用力往回骑。

女子还在那傻站着。脸上已没了泪。男的和她说话，她也不理睬。男的只好打住车子，走到她跟前，听见她正喃喃自语："我没脸活了！"

男的一怔，二话没说，就把女子硬拉到自行车后座上。

男的把女子径直带回家，让女子洗过澡后，让她先换上他的衣服。尽管衣服显得很肥大，但依然遮不住她的细腰雪肤，玉指素臂。

两人默默地静望。

男的怀里有一只小兔子在欢蹦乱跳。

女子脸颊上有两朵红云在飘。

女子就住下来了。

女子很勤快，洗洗浆浆，扫天刮地。

男的下了班，一时愣在房里不知干什么才好。手脚也像是没地儿搁放。

女子变戏法一样，热汤热菜，眨眼工夫摆满了桌子。

那晚，男的喝了酒。

喝了酒话就格处稠。

男的就对女子讲了前妻和他分手的原因：半年前，他在胡同口捡了一个男婴，喜出望外抱了回来。男的越看越喜欢这个孩子，看样子有六、七个月大的样子，小眼睛像黑宝石一样可爱。男的想收养这个孩子。抱回来的第三天，发现孩子不对头，去医院检查，诊断结果孩子是聋哑儿。前妻不同意他收养这个孩子。前妻说她做梦都想要一个自己的孩子。男的铁了心要收养。前妻就一口咬定男的在外边有了外心，怀疑他是孩子的亲生父亲，死活闹着要离婚。

分手后，男的就一心一意收养这个聋哑儿。他把自己全部的感情都用在了这个聋哑孩子身上了。

男的讲到动情处，眼里就有了一层水雾，他对女子说："孩子刚来到这个世上，就被亲生父母抛弃，多让人可怜，长大了也不能用语言和人交流，这就更让人可怜。我无论如何下不了狠心再抛弃他了。"

女子动情地说："大哥真是好心人。"

第二天，男的就去母亲家把那个聋哑儿接了回来。孩子虽说一岁多了，可看上去像是只有八、九个月大的样子。男的把孩子抱给女子看，女子连声夸孩子长得惹人喜爱。玩到快天黑的时候，男的要把孩子送到母亲家去。女子说："我这几天厂子里也没活儿，大哥要是信得过我，我帮你带几天孩子吧。"

那天男的在厂子里心神不定。他有些后悔让女子帮着带孩子。他的家一贫如洗。值钱的东西都让前妻带走了。可万一她把孩子拐跑咋办？下了班，他把自行车骑得飞快，到了家门口，他站了半天不敢进屋，要是屋里没动静，那就是出事了。他忐忑不安地推开房门，看见女子正在给孩子喂饭，刚熬好的绿豆粥在饭桌上冒着腾腾的热气。

他越看这女子越像是从墙上那幅画里走下来的仙女。

孩子吃饱就睡着了。

他把孩子从女子怀里接过来，然后把孩子抱到床上。

吃饭的时候，女子问他："明知是个聋哑孩子，为何不送到福利院？"

男的说："不是没想过。有一次我都把孩子抱到福利院大门口了，可我就是舍不下。孩子那双又黑又亮的大眼睛像是会说话，我听见孩子用眼睛一遍一遍地求我：回家！咱回家！"

女子放下饭碗，声音有些呜咽。

"大哥，你心眼真好！让我留下来和你一起照顾这个孩子吧。"

男的和女子结婚后，别人都说男的是傻人有傻福，傻乎乎地收养个聋哑儿子，感动了上苍，恩赐给他仙女样的新娘子。

男的乐得眉里眼里都是笑。

没人知道，前妻和他离婚并不全是为了收养这个聋哑儿子。当时他为了证明自己不是这个孩子的亲生父亲，就让前妻看了一样东西——是一张证明他没有生育能力的诊断书。

新娘子也不全是因为男的心眼好才嫁给他的。她就是孩子的亲生母亲。

人生之链就是这样环环相扣的。摆在明处的，是那些闪闪发亮的，一环套着一环，而那些锈迹斑斑的环扣却紧紧套在人的内心深处，每个人的人生之链都会或多或少有几个生锈的环扣，有时恐怕就连我们自己也是看不到的。

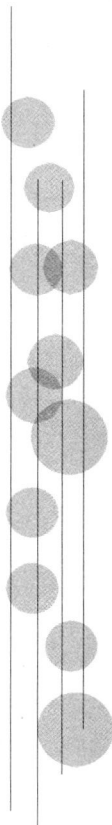

父 爱

有人说悦悦是一个幸运的女孩子，因为她的继母嫁给悦悦的父亲三年了，一直待悦悦不错。这让悦悦那些有继母的同学们很是羡慕。也有人说悦悦是个很不幸的女孩子，因为她从一生下来就是个哑巴。因为悦悦的缘故，父亲很早就学会了哑语。后来，连继母也能用哑语和悦悦交谈。父亲在悦悦很小的时候就送她去聋哑学校学盲文。后来，悦悦就长成了一个很漂亮的女孩子。

父亲用哑语问悦悦："孩子，你将来想从事什么样的工作呢？"

悦悦用哑语回答："我的理想是当一名服装设计师。可我是个哑巴，不知我将来能不能行。"

父亲说："孩子，你一定能行的。你没看你现在裁剪的衣服就已经很不错了吗？"

悦悦说："那算什么呀？要样子没样子，连我自个儿都不想穿在身上呢。"

父亲说："孩子，不要总是去梦想着天边的玫瑰园，而不去欣赏今天就开在我们窗口的玫瑰。你和别的同龄人相比，他们有的还没拿过裁剪衣服的剪刀呢。"

悦悦被父亲说得有些动心了。

父亲说："孩子，一个人几乎可以在任何他怀有无限热忱的事情上成功。成功不是将来才有的，而是从决定去做的那一刻起，持续累积而成的。"

打那，悦悦就把全部心思都用在了学裁剪这件事情上了。可是她剪坏了很多的布料，也没有多大的长进。有一次，她拿着继母的一件新衣服，比比划划，摆弄了一天，也没弄明白。

父亲说："孩子，你要是真想学这件衣服的裁法，就把这件衣服拆了看看。"

悦悦说："这是妈妈最喜欢的一件衣服了。还是件新的呢。她平时都很少舍得穿。她现在出差不在家，我给她拆了，她会不高兴的。"

父亲说："包在我身上。你只管拆开看就是了。"

悦悦也是学艺心切，在父亲的一再催促下，就把继母的那件新衣服给拆了。可是她一连弄了好几天也没能把继母的新衣服再复原弄好。结果呢，那件新衣服的裁剪法她也没学会，白白搭进去了这件新衣服。继母出差回来后，一看自己心爱的新衣服成了一堆烂布料，气得半天说不出一句话。悦悦在一旁赔着笑脸。可是继母用哑语对悦悦说："我恨你我恨你。你的父亲心里只有你。他从来就没把我真正放在心上过。"父亲想解释几句，可是继母二话没说，就收拾好自己的东西搬到单位的集体宿舍去住了。继母走后，父亲用哑语比划着对悦悦说："你看，父亲为你把继母都气走了。也许将来她不会再要我们父女俩了，孩子，你快快的学好手艺吧，将来等父亲老了，还指望你养老呢。"

悦悦知道自己这次是真的闯祸了，她去求继母，可是继母根本不见她的面。父亲对悦悦说："孩子，父亲这一生失掉谁都不害怕，父亲最害怕的就是你不能学好一门糊口的手艺。人无钢骨，立世不牢。"

悦悦发现自从继母离家后，父亲这些日子是真的有些老了，有时一天也不说一句话。悦悦是个懂事的孩子，她想只有学好裁剪，才能让父亲心里好受一些。悦悦想是这么想，真学起来，可没那么简单，一天到晚拆了缝，缝了拆，也还是没大长进。悦悦有时急得直掉泪。她甚至不想再学裁剪了。她用哑语对父亲说："不要再为我操心了，我天生可能就是个命不好的孩子。"

父亲说："孩子，很多事是先天注定，那是'命'，但你可以决定怎么去面对，那是'运'。"

悦悦就哗哗地掉眼泪，她用哑语告诉父亲："我不行了。我快撑不住了。你不要再逼我了。我受不了失败的打击。"

父亲说："孩子，失败是什么？没有什么！只是更走近成功一步。成功是什么？就是走过了所有通向失败的路，只剩下一条路，那就是成功的路。"

悦悦擦干眼里的泪，然后就又拿起了丢在一旁的剪刀。父亲站在阳台上，他听到了从女儿房里传出的声音，"嚓嚓嚓"，"嚓嚓嚓"，那是女儿手中的剪刀在唱歌。在父亲的耳中，这是世界上最美妙的声音了。就这样，父女俩一起走过了冬，又一起走过夏，也不知风风雨雨走过了多少日子，悦悦总算掌握了裁剪手艺。父亲把悦悦设计的图案拿到本市的一家服装厂，结果，一下子就受到那家工厂老板的青睐，并破格录用了悦悦。但是悦悦没想到的是，那家工厂的老板竟是继母的同学。悦悦更没想到的是当初继母离家出

走，也是父亲的主意。知女莫如父。父亲说要给悦悦多一些磨难才行。悦悦是个坚强的孩子，但有时喜欢撒娇。给她一点压力，会对她有好处的。当继母把这些都告诉悦悦后，悦悦有些不解地问父亲："那么长的时间不和妈妈在一起，你不怕妈妈会跟别人跑了呀?"

父亲说："不会的。我们常联系的。只是你一人蒙在鼓里罢了。"

悦悦说："有这必要吗?"

父亲说："大有必要。因为世上没有哪种教育能及得上逆境。"

父女俩说话的时候，继母已笑吟吟地把饭端到他们父女俩嘴边上了。

第九十九夜

有一个乡下男人，因为家境不好，一直独身。眼看就要扔下三十往四十上奔了，能不急吗？心里急，面上还要装作很沉得住气的样子。

别人问："你咋还不凑合着找一个暖被窝的呀？"

男人说："我在等一个人。她什么时候来，我什么时候跟她成家。"

别人问："那个人在哪儿？"

男人指着自己的心口窝，说："这儿。"

跟他说话的人听不懂男人的话是什么意思，便以为男人是想媳妇想疯了。

男人还真的不是在说疯话。他心里真的装着一个人。那天，男人去邻居花婶家借锯子。男人家的树都长到院墙外了，一直长到花婶的院里来了。男人觉得挺不好意思，想把那些长到花婶家的树枝子锯下来。男人从花婶手上接过锯子，又没有离开的意思。他在听花婶给一个小媳妇说梦。花婶说梦一说一个准。说梦是花婶的绝活儿。村子里的大姑娘小媳妇，甚至连一些大老爷们儿也来找花婶说梦。

男人听见花婶对那个小媳妇说："梦见槐花可是个好兆头，看来你们家要有财发了。"

等那个小媳妇笑眯眯地走后，男人也顾不上锯墙头上的那些树枝子了，男人头也不回地向着村外走去。第二天，男人来对花婶说："我夜里做了一个梦，梦见树上开满了白粉粉的槐花，开的那个稠密呀，风一吹，落了一院子。也就吸一支烟的功夫，树上就又重新开满了一层。院里的槐花落了有三尺厚，扫都扫不动。"

花婶说："天爷爷！"

花婶一阵眩晕。

男人问花婶："这梦是好兆还是恶兆？"

花婶说："天爷爷！天爷爷！"

男人走后，花婶对老伴说："看着吧，他要发大财了！"

男人第二天没来找花婶说梦。男人第三天也没来找花婶说梦。到了第四天，男人家的院子里欢声笑语，一下子来了好些人。花婶踩着凳子把头探到墙这边，花婶吓了一大跳：他们要拆房了。

花婶问："好好的，咋拆房？"

男人说："我买彩票，中了大奖了！我要盖新房子了！"

没多久，新房子就盖好了。男人家的彩电也换成了大的，还买了冰箱，装了电话。男人不光自己家装了电话，还给花婶家也装了电话。

男人对花婶说："这是我当小辈的一点心意，亏你老人家那天说梦说得准，我只买了一张彩票就中奖了。"

花婶说："别的不敢说，以后你做了自己解不开的梦，来找我就是了。远亲还不如近邻呢。"

男人走后，花婶的老伴说："这世道，说梦也能挣来部电话。"

花婶对老伴说："你以为是人不是人的就能说梦？人家咋不找你说梦？"

老伴自知理亏，待男人再来说梦时，也就好烟好茶的伺候。男人果真天天来找花婶说梦。男人现在白天有忙不完的事，只好夜里来找花婶。花婶说梦的本领的确令人佩服。花婶有时说："你做的这个梦可不是个好梦。"

果然，男人第二天夜里来了，一脸愁云，把白天遇到的倒霉事一桩桩一件件地说给花婶听。花婶听完，像一个农人站在自家快要收割的地头上，眼神瞅着自己的老伴，说："是吧是吧。"当然，男人也不光是做倒霉的梦。男人也做让人高兴的梦。花婶如果说："你明天会有财气。"男人第二天就一准会发财，有时是好久前给人打工挣的钱要回来了。有时是别人请他一块喝了场不花钱的酒。如果花婶说："你明天会交桃花运。"

男人再到夜里来时，会对花婶说："有人来给我提亲，我没答应。"

花婶就替他着急，说："你脑子有毛病了，也不看看你都多大岁数了，先见见再说呀。"

男人说："我先前没钱，这么些年都过来了，现在我手里有钱了，当然是要挑一挑。"

男人来到第九十九个夜晚时，男人的身后跟着一个女人。那个女人的丈夫在外边包工程，挣了一大笔钱，又从外边找了小蜜，回来一脚把女人蹬了。分手时，儿子判给了丈夫。丈夫也给了女人一大笔钱。这个女人就是花婶的女儿。十年前就嫁到了外村。

女人现在做了男人的新娘。

白天他们刚领回来结婚证。

花婶明白了一件事：这个和她做了多年邻居的男人，他盖房子的钱，并不是中了什么大奖，一定是从女儿那里弄来的了。花婶又是一阵眩晕。

男人在朝花婶走来，笑眯眯地喊了一声："妈!"

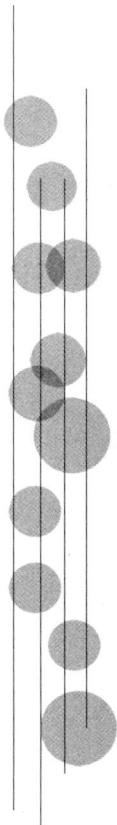

酒楼里的阳光

他走进酒楼时，坐台小姐一眼认出了他。

小姐笑靥如花。径直领他到一间典雅别致的包房。刚脱下的风衣被小姐轻轻挂在门后的衣架上。

不知何时小姐手上捧了一个红木雕花托盘，托盘里是一杯热腾腾的红茶。袅袅热气使房间弥漫着。

幽渺的氤氲。小姐脸上始终是职业性的笑。撩人但不明媚；恰到好处却又透着欲擒故纵。

他朝小姐挥挥手，"去把她叫来。"

"你当真喜欢她？她可真有福气。"小姐脸上的笑绢花样永不凋谢。

他垂下头，不好意思再看小姐。他怕伤了这位小姐的心。他伤害了好多人。尤其是女人。小姐轻轻叹口气。也许只是他的幻想。也许小姐根本并未在意这些。

小姐转身离去的刹那间，他终于如卸重负长长叹口气。

小姐的步子落在猩红地毯上，蜻蜓点水般婀娜多姿。

从相邻的包房里传来猜拳行令的吆喝声，间或掺杂着田震的歌："山上的野花为谁开又为谁败，静静地等待是否能有人采摘。你就像那花一样在等他到来……"

他喜欢田震。田震的歌总是带有那么一种淡淡的忧伤。他常被这种忧伤所打动。

坐台小姐领来一位穿紫色旗袍的小姐。小姐旗袍的领口和袖口那儿滚着一道做工精细的象牙色布边儿。

坐台小姐轻轻掩上房门，悄无声息地退了出去。他听到自己怦怦的心跳声。他把菜单递给她，让她随意点。

她接过菜单，冲他莞尔一笑。

她的笑无法遮掩一脸的疲倦和睡眠不足带来的憔悴。

她点上一支烟，边吸边专注地在菜单上勾勾画画。

上午的阳光从窗外水一样泻进来。一直照在她那双纤细的小手上。十指如葳蕤的水草在他脸前舒展自如。指甲上涂着银色的指甲油，亮闪闪的，像一弯弯月牙儿。

他说："我上次来，你不在。我还以为你再也不来酒楼上班了呢。"

她说："我回乡下去了。母亲病故。几年前父亲死于车祸。田里的活儿苦，做不来。能上哪儿去呢？只好还来做陪酒小姐。"

她开始大口大口地吸烟。像是一口要把手里的烟全吸到肚子里去。

她吸烟的姿势比电视上的女人还要妩媚动人。

他怔怔地看着她。

她并不理会他的目光。

"为什么不离开这里？海阔任鱼跃，天高任鸟飞。是该出去闯一闯了。"

也许她根本就没听进去他说的话。

她好像对整个世界都麻木了。

点完菜，她把菜单递给他时，他发现了她腕上的手镯。

"你的手镯真好看，玉的吧？"

"假的。我们酒楼大厅里就卖玉的。一千多块呢。"

"想要吗？"

"鬼才不想要。货真价实的翡翠玉镯。"

"拿去吧。现在你就可以去大厅买你喜欢的玉镯。卡上余下的钱也全归你了。"

他送给她一张卡。

接过卡，她愣在那儿。一时不知该用怎样的微笑、媚态和秋波来回应他的出手阔绰。

他朝她挥挥手。

她刚要走，他说："等一下。"

她扭过头，不解地看着他。愕然霜一样结满她的脸颊。

"反悔了吧？"她用不屑的口吻说。

他没说话。匆匆从上衣口袋里掏出一张纸，然后刷刷写了一行字。把纸折叠好，小心翼翼地放在她手上。

她明白是怎么一回事了。

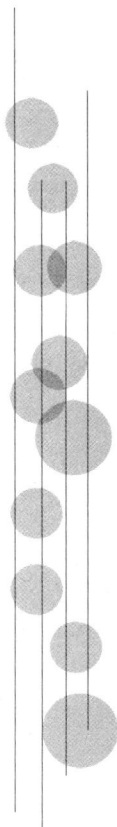

她只是出于礼节装作对纸条有兴趣。其实她只对卡有兴趣。

她走在有地毯的走廊里。四下里也没找到废纸篓。她怕让酒楼的小姐妹或酒楼老板看到。不用看她也知道纸条是怎么一回事。无非是鸿雁传情的把戏。约她出来在什么地方见面。和她玩这种把戏的人多了去了。她懒的看。顺手推开走廊里的窗子，她的手在空中优美的扬了一下，那张纸条就像一只展翅高飞的白蝴蝶，在空中飘呀飘，不知飘向了何方。她长长吁口气。然后关上窗子。在去大厅买玉镯的路上她已想好和他周旋的理由。

他坐在包房里等她回来。

他的情绪有些激动。脸上洋溢着幸福的光彩。竟有些不能自制地在房间里走来走去。

明媚的阳光从窗外泻进来，照耀着他。

忽然，他摇晃了一下，便倒在了地上。

他再也没有起来。

他死于心肌梗塞。

卡上的钱是他卖自己的肾挣来的。

是一笔非常可观的数目。

现在那张卡成了废卡。

没人知道，刚才那位小姐是他的私生女儿。

就像他永远也不会知道女儿把那张写有取款密码的纸条扔掉一样，女儿永远也不会想到他是她的亲生父亲。

离 婚

那天对于李铃铃来说很不寻常。

李铃铃的姐姐被告知患上了白血病。

姐姐对李铃铃说:"不要难过,生死由命,一切都是天意。"

李铃铃看见姐姐在说不要难过的时候,眼里的泪早就一滴滴地滑落到姐姐灿若桃花的脸上了。那时候李铃铃的家人都在对李铃铃的姐姐说着同一句话:"我们要想法救你!我们一定要想法救!"

李铃铃也说了要救姐姐的话。

后来,家里的亲人还有李铃铃姐姐的一些平时要好的朋友们,大伙都到医院做了检查,大伙的共同心愿就是要让李铃铃的姐姐活下来。

李铃铃那天很高兴。检查结果出来了。她可以用自己的骨髓救助生命危在旦夕的姐姐了。当她把这一消息告知丈夫时,丈夫好像有些不高兴。

李铃铃就一遍又一遍地对丈夫说:"一个人最大的破产是绝望,最大的资产是希望。我的姐姐她还那么年轻,人活在世上,年轻是我们唯一拥有权力去编织梦想的时光。求你答应我去帮我的姐姐去编织她的人生之梦好吗?"

丈夫仍不说话。

丈夫不说同意,也不说不同意。

李铃铃就有些急了。

丈夫说:"这么大的事你容我回家想想。"

丈夫回家想了几天,就来告诉李铃铃,他说他不同意李铃铃为姐姐捐献骨髓。李铃铃真有些急了。她让丈夫看看窗外,问丈夫看到了什么?丈夫说看到了大街上的行人。她又让丈夫看看屋里墙上的镜子,她又问丈夫看到了什么?丈夫说看到了镜子里有一个和自己一模一样的自己。她说,窗子和镜子都是同样的玻璃,但窗子能让你看到很多人,镜子却只让你看到自己。它们的不同之处就在于镜子上有一层薄薄的水银。

丈夫也许听懂了李铃铃的话，也许没听懂李铃铃的话。丈夫说人是人，玻璃是玻璃，怎么能相提并论呢。我的意见是不同意你捐献骨髓。

李铃铃问："那我要硬给姐姐捐献骨髓呢？"

丈夫说："那就先离婚，然后你再去捐献。"

李铃铃当时就同意了。

小两口去离婚的那天，李铃铃一路上没说一句话。

丈夫也没说一句话。

在民政局的大门口，李铃铃老远就看见了婆婆正站在那里等着他们小两口呢。李铃铃走到婆婆跟前的时候，婆婆一脸的不高兴。小两口去领离婚证时，婆婆一直是绷着脸跟在他们两人的身后。

办完离婚手续，一家人就要在民政局的大门口分手了。

李铃铃惦记着医院里的姐姐，想快快地回到姐姐的身边。

丈夫让母亲先走，他对李铃铃说："我不同意你为姐姐捐献骨髓，你不会恨我吧？"

李铃铃说："我不会恨你的。你不同意，自然有你不同意的道理。但我会真心祝福你早日找到你的幸福。"

丈夫说："你猜猜我的幸福在哪呢？"

李铃铃说："我虽不知道你的幸福在哪儿，但是我们夫妻一场，我是了解你的。知夫莫如妻。你不同意，自有你的苦衷。"

丈夫深情地看着李铃铃，然后又一往情深地对李铃铃说："哎呀，你这个傻铃铃，其实我的幸福远在天边，近在眼前。一生拥有你，就是我最大的幸福。"

铃铃被丈夫说得云里雾里的。

丈夫问李铃铃："你为了你的亲人，才答应和我离婚的。我也是为了亲人，才提出要和你离婚的。"

于是，丈夫就和李铃铃讲了婆婆不同意李铃铃为姐姐捐献骨髓的事。老人对献骨髓的事情非常忌讳。丈夫对李铃铃说："我们都在帮亲人编织一个美好的人生之梦呢。母亲一心想让儿媳妇有一个健健康康的身体，将来好生一个大胖孙子，这没什么错吧？"

李铃铃点点头。李铃铃说："人家医生说过了，献骨髓就和平时抽血是一个道理，对身体没有影响的呀。"

丈夫又说："你说过一个人最大的破产是绝望，最大的资产是希望。我

是在尽一个儿子的孝心，让母亲有一个美好的梦想。你那天说年轻人都有一个美好的梦想。其实美好的梦想并不只是年轻人才拥有的。"

李铃铃说："我都快被你说糊涂了。"

丈夫说："有时候一个人的一点点爱心，可能带来别人一生的感谢。人是需要温暖和爱心的。我不会和你离婚的！我怎么会和你离婚呢？"

李铃铃听不懂丈夫的话，"难道我们刚才办的离婚手续会有假不成？"

丈夫说："傻铃铃！我早就来和民政局的人说好了。那只不过是表演给母亲看的。我把情况和人家说了，人家帮我想了这个主意。我没提前说给你，是怕你露了馅，让母亲看出破绽来。"

李铃铃这才从随身带的小皮包里掏出离婚证来。她刚才只想着赶快办完手续，好去医院照顾姐姐。所以当她把离婚证拿在手上时，也没顾上看。现在，当她看到离婚证上写着：夫妻白头到老。她再往下看，果真连印章都没有。

李铃铃一时百感交集，说："要是让母亲发现了呢？"

丈夫说："我让外地的妹妹来把母样接去住些日子，等你姐姐身体康复出院后，再把她老人接回来。铃铃，我一生的妻子永远是你！"

那一刻，李铃铃泪如泉涌，丈夫把她轻拥入怀。

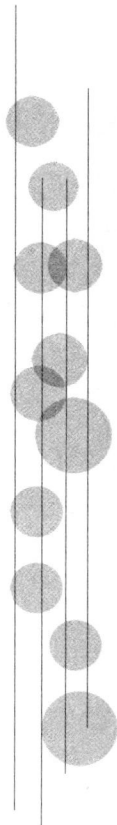

二丫的心事

　　大丫出嫁后二丫就有了心事。娘说，二丫，去西岭的豆地里打打药。撵了好几遍，二丫就是不动弹。娘说你姐嫁人走了，地里的活儿就指望着你了呀二丫。娘这辈子要是有个儿子就好了。十个龙皇女抵不上一个跛脚儿子。二丫天不怕地不怕就怕娘说这种戳心尖子的话。二丫只好去豆地里打农药。老远，二丫看见保兴也在地里打农药。保兴和大丫订婚快两年了，原打算秋后成亲，没承想大丫一翅子飞到城里去了，嫁给一个干泥瓦匠出身的小包工头儿。大丫没出嫁的时候和二丫住一个屋。二丫眼瞅着大丫脖子上的金项链越换越粗，手上的金戒指也越戴越大。那天保兴来问大丫，大丫就垂着头嘤嘤地哭。那时候二丫一个人站在门外明晃晃的月亮地儿里。保兴伤心的哭声像猫爪子样一下一下挠得二丫心疼。二丫一脚踹开屋门，使劲扯住大丫的褂袖子往外拽。二丫的个头和力气都比大丫大。二丫想把大丫拽到天井里好好教训一顿。二丫没想到保兴正跪在地上，双手死死抱住大丫的腿不松手。二丫就火了，说保兴哥你好没骨气，叫花子门前也有三尺硬地，你还是个男人吗？

　　保兴就不再哭了。

　　二丫说乡里也有灵芝草，城里也有趴蛄墩。

　　保兴起身接过二丫递过来的毛巾，擦擦泪扭头就走了。打那，保兴只要是在村子里碰见二丫，脸就立时红成一块绸子布。二丫一看见保兴，心里就像揣个小兔子一样怦怦地跳个不停。二丫也弄不明白自己是怎么一回事。昨天夜里做梦时又梦见保兴和她一块儿下地干活儿。果真，今天她一来豆地打农药，保兴也来打农药。两家的地紧挨着。打完药，二丫跑到地头边儿上的水渠里洗手，保兴也跟着去洗手。

　　二丫说保兴哥你过晌要是有空帮我上村北花生地里撒化肥去吧。保兴一叠声地说有空，反正在家闲着也怪没意思。两个人正说着话，保兴家里的人来叫保兴赶快回家。下午，二丫早早地来到村北自家的花生地里。二丫一张水灵灵的俊脸蛋儿眼瞅着黄蜡似地瘦了一圈儿。二丫有了心事，不能对娘说，更不能对大丫说。二丫想豁出去了，等会儿保兴哥来了，就把自己的心事一股脑儿说出来。话不说不明，木不钻不透。二丫一个人等了好几个小时，眼瞅着夕阳像个大血球一点一点地坠落到山后头去了。保兴连个人影儿也没来傍一傍。一连好几天二丫也没见保兴。再后来二丫终于在地里看见保兴了，可当时都在忙着过秋，砍玉米刨花生割豆子，忙得连饭都顾不上吃，二丫一直没有办法把心里的事讲给保兴听。忙完秋，二丫进城买了玫瑰红的纯毛毛线，悄悄背着人给保兴织毛衣。二丫从没舍得给自己织过一件纯羊毛的毛衣。直到现在二丫身上穿的毛衣还是用腈纶线织的。那天，二丫正坐在天井里织毛衣，听见一阵噼里啪啦的鞭炮响。二丫手里织着毛衣，也跑到大街上看热闹。

一群光头娃儿在大街上跑着唱着：

> 香椿牙棵棵家，
>
> 红姑娘要出嫁。
>
> 金镏子银拢子，
>
> 花红轿绿顶子……

二丫在那一刻感觉自己的心脏停止了跳动。

新郎保兴穿着崭新的西服，西服领上别着一朵大红花。接新娘的喜车停在街中央。二丫憋足了劲儿，飞快地跑到村外河边儿。她把快织好的毛衣放在一块大石头上，然后拾起一块石头拼命去砸那件玫瑰红颜色的毛衣。二丫像疯了一样，把手指头都砸肿了，手上的血一滴一滴地洒落在毛衣上，可是仍然没有把毛衣砸烂。二丫赌气把毛衣扔到河里，恰好被刚才那几个光头娃儿看见后从河里捞了上来。娃儿们要用毛衣做网，去捞河里的小鱼小虾。嘻嘻哈哈的娃儿们你争我抢都跑到河里去了。他们跑着唱着：

> 小二妮剜菜根，
>
> 剜菜根喂小鸡。
>
> 小鸡儿长大了，
>
> 二妮儿出嫁了……

二丫站在河边儿上，泪眼模糊。河里那一团玫瑰色的红越漂越远了。

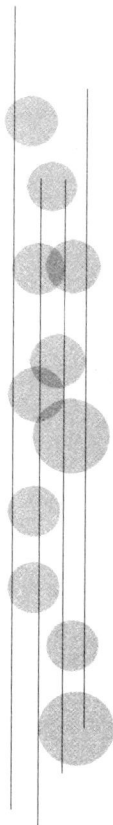

房　客

东和荣两口子正过得好好的，猛不丁的就离了婚。别人都很奇怪。荣搬回娘家后，不管哥和嫂怎么问，就是不开口。

哥说："荣，你看你这个人，谁不知道东是个知疼知热的人？干吗你偏要和东离婚？"

荣就不耐烦。

荣说："哥，这话亏你说，换别人，我非扇他俩耳光不可。"

哥就沉了脸。

哥说："你总要给我说清楚，醋是打哪酸，盐是打哪咸吧？"

荣说："东对我哪样都好，可我知道东在外头有个女人。东说只要我答应不管他和那个女人的事，他就把挣来的钱都交给我。"

嫂说："他有女人就有呗，只要把钱都交给你不就什么都有了？钱在手头饭在口头。手里有钱不比什么都好？"

荣说："嫂，你也是女人呀。这口气我就是咽不下。"

哥说："荣，不是我说你，现在你回来了，连个住的地儿都没有。"

荣想了想，说："我就住爸妈留下的老宅。"

嫂急了。

嫂说："老宅已经赁出去了好几间，房客是个独身男人，你搬进去，不怕别人说闲话？"

荣说："我不管，我就住老宅。"

荣搬进老宅后，发现房客是个不爱说话的外地人。每天就知道闷头干活儿。村里才建了个布鞋厂。房客大顺专门给厂子里加工塑料鞋底。三间老宅，荣住一间，一间做车间，一间做仓库，大顺就把床安在仓库里。大顺是个能干的男人，他见荣成天在家闲着，就说："荣你和我一块儿干吧。干一天我给你八块钱。"

荣说："八块八块。"

大顺不光脾气好，人也长得汤肩禹背，帅气哩。

荣发现自己喜欢上了大顺。她喜欢听大顺说话的声音，喜欢看大顺干活的样子。

嫂对荣说："荣你可要当心，大顺是个外地人，怕不牢靠。要找咱也要找个知根知底的本地人。"

荣不搭话，只是笑眉笑眼地点点头。她怕嫂把大顺赶走，就找村里的木匠做了两根新门闩。每天晚上天一黑，荣就把门闩上好，一个人静静地躺在床上。

月亮出来了。碎银一般的月光透过窗户，一直淌到荣的床上，把荣的脸抹得光亮迷人。荣听见大顺正在院子里走过来走过去。大顺的步子很沉很慢又很匀，每一步都像踩在荣的胸口上。荣好想让大顺来她的房里坐坐。她老担心那两根新做的门栓会伤了大顺的心。其实，那两根门闩她是做给村里人看的。更确切地说，是做给她自个儿看的。更深夜静时，当她听见大顺在街上跟人说话，在院子里咳嗽时，她真想一斧子把门闩劈个稀巴烂。

荣披衣下床，站在窗前。大顺的影子在月光里晃过来又晃过去，把荣的心都晃乱了。"啪啦"一根门栓从荣的窗子里飞了出来。"啪啦"又一根门栓从荣的窗子里飞了出来。荣和大顺隔窗相望。帘子是去年秋天荣用草珠子串成的。荣的手在空中一扬，又一扬，门上的帘子烂了，哗哗啦啦地落了一地。荣就是踩着一地圆鼓鼓的草珠子扑进大顺怀里的。荣这时听不见"呱呱"的蛙叫，也感觉不到如银的月光。她只知道这院子里就只有她和大顺两个人。

大顺却轻轻推开了荣。大顺说："荣，我知道你是个好女人，我也从心里喜欢你。可我不能骗你。我在家有媳妇。我怕鞋厂的人说我挂家，签合同时我没说实话。"

大顺的话像一盆冷水浇过来。

荣愣了半天，哭着跑进房里。

月光如水。

虫吟似泣。

飞来的情书

这个故事是我从一个朋友那里听来的。

故事的主人公叫邵波。

"我想好了，接受治疗。"邵波跟父母说这句话的时候，他已接到第三封情书了。父亲和母亲都以为听错了。直到邵波又重说一遍，父母才笑逐颜开，长长叹了口气。儿子终于同意接受治疗了，儿子的生命终于有了拯救的希望。

邵波小声说："有一个女孩子喜欢上我了。她给我写了好几封信了。"

母亲小心翼翼地问儿子："能告诉我给你写情书的女孩儿是干什么的吗？"

父亲也忍不住好奇心，问儿子："我也想知道这个女孩长得什么样子，你有她的照片吗？"

邵波说："我现在没有。以后我写信和她要一张。"

父母几乎是异口同声地问邵波："你们是从网上认识的吗？"

邵波说："不是。我好久没上网了。是她主动给我写来的信。我们以前在同一个公司打过工。"

"她长得漂亮吗？"母亲有些迫不及待地问。

邵波有些难为情了。父母就不再往下问了。他们开始筹划该跟哪些亲戚借钱的事情。邵波躲进自己的卧室，埋头给一个叫珊珊的女孩子写信。邵波没想到珊珊会主动给他来信。当时在一起打工的时候，邵波就在暗恋珊珊，可是珊珊看上的不是他，而是另一个男孩。后来，珊珊离开了那家公司。邵波也离开了那家公司。再后来，邵波就被查出患上了尿毒症。这对刚刚二十出头的邵波来说，无疑是晴天霹雳。在医院治疗一段日子后，邵波执意要出院。他听医生说，这种病需要做肾脏移植手术，要准备二十万元的治疗费。父母都是下岗工人，虽说开了一个生活用品小商店，可一下子是拿不出这笔钱的。邵波不想让父母再去借钱。他拒绝吃药，拒绝打针。父母只好同意他出院。

回家后，他对父母说："你们不要再在我身上费心思了。我不会接受治疗的。就是把钱借了来，我也不会同意去医院的。"望着儿子脸上绝望的表情，母亲天天以泪洗面。父亲也是一天天唉声叹气。但没想到的是，就在邵波决意在家中等死的时候，却意外地收到了珊珊的来信。珊珊在信中鼓励他一定要振作精神，接受治疗。并一再劝他不要悲观。情绪的好坏对病情的抑制非常重要。只要能保持良好的心态，再加上年轻力壮，手术后，很快就会痊愈的。邵波在看这封信的时候，眼里竟流出了幸福的泪水。他马上给珊珊回了一封感激的信。他在信中问珊珊现在干什么工作，有没有成家，还问她是如何得知他患病的消息。信发出后，他天天在家望眼欲穿盼回信。珊珊很快就回了信。她在信中告诉邵波，她现在生活的很好，还没找对象。她是听别人偶尔在一个朋友的聚会上知道他生病的消息。她还在信中写到，如心里有不顺心的事，就写信讲给她听。不要闷在心里。这样，两人三天两头地通信。邵波想要珊珊的手机号码，他想和珊珊在电话上说一会儿话。珊珊来信说，等你什么时候快要去医院时，我会去和你见面的。就这样，邵波在珊珊的关爱下，终于鼓足勇气战胜了病魔。就在邵波手术后的第四年，邵波和那个给他写信的珊珊喜结良缘……我以为朋友的故事讲完了。

我对朋友说："不错。有情人终成眷属。"

朋友对我笑笑，说："我还没讲完呢。"

朋友说："那个和邵波步入洞房的女孩子并不是珊珊。是假珊珊。假珊珊的信，也不是她写的，是另一个人写的。"

我被朋友说得一头雾水，"还这么复杂。那会是谁写的呢？"

朋友一脸不屑："你可真是个急性子，听我慢慢给你讲。"

原来，邵波的母亲看儿子坚决不接受治疗，就想起了以前儿子在一个公司打工时，曾听儿子说起过一个叫珊珊的女孩子长得不错。也很懂事。抱着试试看的想法，母亲用珊珊的口气给儿子写了一封信。写完，母亲怕儿子看出她的笔迹，就找到另一个女孩子来重抄一遍。然后，再让女孩子在信封上写上一个假地址。这个假地址是母亲以前在工厂时一个女同事的地址。就这样，帮邵波母亲抄信的这个女孩子慢慢被感动了。在通信中，女孩子慢慢喜欢上了邵波。当时，她刚刚失恋，她是个自尊心极强的女孩子，一时受不了被人抛弃的打击。正在她厌倦人生，陷在痛苦的漩涡不能自拔时，刚好邵波的母亲来找她。于是，两个青年就这么阴差阳错相爱了。

我问朋友："他们现在生活的幸福吗？"

朋友说："极幸福。也极恩爱。爱情不光是治愈心灵创伤的灵丹妙药，也是战胜病魔的灵丹妙药。信不？"

在朋友面前，我和另外几个听故事的人点头如鸡啄米一样。

继父与岳父

　　大李没结婚的时候，盼星星盼月亮，就盼着结婚入洞房的这一天。现在，这一天终于来了。大李真的有了一位漂亮的妻子。成家后，大李又从司机的位子上一跃而高升为乡镇办公室主任。这可是双喜临门呀。大李还和原来一样，没觉出司机和主任有什么不同。妻子可把这个主任的位子看得很重。妻子说是她给大李带来的好运气，在家里就颇有些颐指气使。一开始大李以为妻子是开玩笑的，也没太在意。一来二去的说长了，大李的母亲就不耐烦。

　　母亲对儿媳妇说："儿子是我一把屎一把尿拉扯大的，学是我供出来的，要说也轮不上你说呀。"

　　妻子也不是盏省油的灯。

　　妻子对婆婆说："没人抢你的功，你生了儿子就要把他抚养成人。这是做母亲的天职。每个母亲都能做到这一点。但能给男人带来官运的媳妇可真的不多。这可不是想带就能带来的事。"

　　婆婆被儿媳妇气得说不出话，只好对着儿子大李出气。

　　大李可不敢说妻子，一来妻子长得太漂亮了。二来他在乡下工作，妻子在城里工作，妻子不找他的事就是给他天大的面子了。有心想劝母亲吧，又于心不忍，母亲为了他，从年轻就一直守寡，吃了不少的苦。

　　大李那些日子着实苦恼得厉害。大李就是大李，他的脑子好使唤。想呀想，大李想出了一个好办法。大李不敢把自己的主意告诉妻子。大李对自己的那帮好哥们说："谁能给我老妈找个老伴，我大李定要重谢。"

　　哥们听了大李的苦处，也真的给大李的母亲找了一个条件不错的老伴。刚开始母亲不同意，但大李对母亲说："以前你是为我才不找的，现在我都成家了，你一个人挺孤独的，我老牵挂你，连工作也没心思干了。"

　　母亲没想到自己找不找老伴会影响到儿子的前途。

　　母亲就答应了儿子的请求。当真像年轻人一样谈起了恋爱。两位老人很投缘，没多久就领了结婚证，过起了你恩我爱的幸福生活。母亲有了幸福的归宿，也就没心思和儿媳妇斗嘴了。

大李看在眼里，喜在心里。大李又开始了自己的第二步行动。大李以前常给母亲买这买那，现在大李的钱再也不花在母亲身上了。而是全花在继父身上。当然是用自己的私房钱。又是烟又是酒又是衣服的，把个继父乐得合不拢嘴。最让继父感动的是生病的时候，大李跑前跑后，晚上也不休息，就陪在继父的病床前，端屎端尿，继父自己的亲儿子也没这样过。

母亲问儿子："你这是为何？"

大李说："因为只有真心对继父好，他才能真心对你好。"

继父病好出院后，果真和大李结成了忘年交。

但是大李也为此付出了沉重的代价。

妻子不高兴了，说："一个继父竟比你的岳父还要当宝贝样供奉着。你从没对岳父这样过。你脑子有毛病呀？"

开始大李以为妻子说说也就罢了，没想到有一天他从乡镇上回到城里的家换洗衣服，发现妻子竟给他留了纸条儿，说是大李心里没他，让大李去和继父过一辈子去吧。大李这才意识到问题的严重性。大李可不敢把妻子搬回娘家住的事说给母亲。大李愁眉不展的样子让继父心疼得不知如何是好。爷俩来到了一个小饭铺，喝了好些的酒。继父对大李说："儿子，你从今天起就是我的亲儿子。这件事交给我来处理好了。我也大小当过几天干部，你要相信我。"

继父亲自来到了大李的岳父家，来了就不空手，今天买这明天买那。不是陪大李的岳父下棋，就是陪大李的岳父到外地去游山玩水。两个老头好成了一个头，比亲兄弟还要亲。大李的岳父问大李的继父："你为何要对我这么好？"

继父说："你的女婿对我好，我就要报答他对我的真心。我老了，也帮不了孩子什么，平时他老把你挂在嘴上，想来想去，我就要真心对你好。"

大李在外县学习，一学就是两个月。大李胆战心惊地回到家，也不知妻子会不会又要给他脸子看。大李没想到的是，一踏进家门，妻子正和母亲有说有笑地在下跳棋。那样子亲热的就像是一对亲母女。如不是亲眼所见，打死大李也不敢相信这一切都是真的。一家人吃完饭，母亲让儿子陪妻子出去散散步。妻子和婆婆抢着洗碗，结果没抢过婆婆。

母亲说："你们快出去散散步吧。"

　　大李和妻子走呀走，一直走到了一个很大的街心公园。大李对妻子说："你好像是换了一个人呀。"

　　妻子说："因为我爸说过了，你对继父都能好成那样，对我以后也不会差到哪里去的。你的继父为了你，对我爸好得不能再好了。我爸说为了他，我也要对你好。"

　　大李说："真的没想到你对我妈能好成那样。"

　　妻子很诚恳地说："只有真心对你妈好，你才能真心对我好呀。"

　　大李说："你能对我妈好，我以后更要掏心窝子对你好。"

　　妻子说："你对继父好，继父对我爸好，我对你妈好，你对我更好。一环链接着另一环，就像这公园小路上的石子，一块块的铺成了人生之路。"

　　大李把妻子轻拥入怀，说："你说的太对了。你看那些开放在花坛里的花，一朵又一朵，就像是我们的爱心，静静地开放在人生之旅。"

梦里梦外

　　母亲把那本解梦得书翻得快要毛边了。我嫁人时，母亲就送给了我。婚后，天天柴米油盐，腻了，偶尔翻几页解闷。上边有很多解梦的精彩故事。我父亲常做梦，每次做了梦都要母亲来解梦。母亲悄悄告诉我，男人有时像长不大的孩子，要哄的。我一直期待有炫耀的机会，让老公领教我解梦时的妙语连珠。老公却很少做梦。我等了好几年，机会来了。那天早上，老公一直沉着脸。吃早餐时一副心不在焉的样子。我问了半天，他吞吞吐吐："我做了一个梦。"

　　"在梦里包了一个漂亮二奶?"

　　"算了算了。你们女人就是小心眼。和你们说事，只会越说越乱。"

　　老公闷闷不乐地上班去了。

　　晚上，老公醉醺醺地回来，倒头便睡。不知老公又做了什么梦。早上醒来时，老公眼睛红红的。我问老公："又做梦了?"

　　老公点点头，样子很沮丧。

　　我就给老公讲了一个解梦的故事：从前有一个书生要进京赶考，临行前的晚上做了三个梦。早上一出屋门，碰上了小姨子。书生对小姨子说："我不打算去赶考了。我做了三个梦。都不是好梦。"

　　小姨子说："讲给我听听。"

　　书生说："头一个梦，我梦见自己在墙头上耕地；第二个梦，一口大红棺材升在空中，上不着天，下不着地；第三个梦，我看见一顶轿子来到门前，里面坐着一位新娘，轿子前头有一只夜猫子报喜。"

　　小姨子说："哎呀，你做的三个梦都不好。墙头上耕地，没有回头路；悬在空中的大红棺材，是说你死无葬身之地；第三个梦更不好，做梦娶媳妇——没有的事，夜猫子报喜——坏了名声。"

　　书生吓坏了。这时岳母走过来，对书生说："她姐夫，刚才的话我都听到了。我来给你圆圆梦。墙头上耕地，是说一趟成功；一口红棺材悬在空中，

是说你这次一定披红挂绿，升官发财；花轿送到门前，双喜临门的意思。夜猫子报喜——抢在黎明前头。这一次你保证能考上。"

果然，书生真的考了个三名探花。

他回来后要谢岳母为他圆的梦好。

岳母说："傻姑爷，做梦哪有真的？圆梦更是胡编瞎说。你能考中，是靠你自己的才气。"

老公听完我讲的故事，哈哈大笑，说："老婆真是难为你了。也学会借古人来教育我了。我在单位大小也是个副处级干部，哪会信梦？"

我有些丈二和尚摸不着头。不知老公葫芦里卖的什么药。老公说，和你说实话吧。头天晚上我做了一个梦，你病得奄奄一息。我打电话叫了急救车，把你送到医院急诊室，医生不让我进去守着你。我一急，就醒了。第二晚，我做的梦更吓人，你好好的正在厨房做饭，头一拧，就死了。连句告别的话都没来得及说。我守着你的骨灰盒满脸都是泪。我这两天心情不好，不是因为相信梦里的事，而是通过做梦，让我体会到，假若生活里真的没有了你，我不知自己如何活下去。

我没有听到老公后来又和我说了些什么，我借故走到卧室，悄悄打开抽屉，发现我藏在一本书中的诊断书被老公动过了——因为我清楚地记得当时放诊断书时的页码。老公是在尽最大努力不捅破这层窗户纸。

尽管他的情绪都快到了崩溃的边缘，却依然佯装不知。

我俩竟不谋而合：都想快乐地过好为数不多的日子。也许这也是一种爱的方式。

身患绝症的我，很快就要到医院里走完我的余生。

山花为谁开放

女儿长大了，出落得亭亭玉立，

这是瘫在床上多年的母亲最快乐的事情。

女儿一直是快快乐乐地去田里侍弄庄稼。顺带着给羊割把草，为母亲去山上采点治关节的草药。

家境虽说清贫，但女儿脆生生的笑声银铃样响在这个农家小院，

女儿唱歌的时候，村里的小伙子以为是百灵鸟飞过来了。

就像晴朗的天空偶尔会有乌云翻滚，快乐的女儿也有怏怏不乐的时候。

那天，女儿把饭菜端到母亲床前时，母亲发现女儿不像以前喜眉笑眼。

栏里的羊饿坏了，咩咩叫个不停。

母亲问女儿：为什么不快乐？

女儿说：父亲当年为什么要离开你，非要另娶别的女人？是你做过对不住父亲的事吗？

母亲有些慌恐。

母亲的样子像是有什么难言之隐。

母亲没说做过什么，也没说没做过什么。

女儿就不再问什么。

母亲也不再说什么。

母女俩就这么沉默着。

山高水深地沉默着。

地老天荒地沉默着。

隔一天，女儿为母亲换洗床上的单子。单子上的气味很呛鼻子。母亲早就大小便失禁。换洗完，女儿忽然问母亲："你以前到底做过什么不该做的事？"

母亲闭上眼睛，面色如土，青色的嘴唇翕动着，但还是什么也没说。

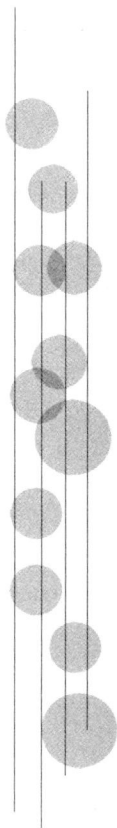

女儿听姥姥说起过，当年，是母亲惹恼了父亲，父亲才离她而去的。母亲一定是做过什么不好的事情，这一点在她看来已经毋庸置疑了。

女儿心想，母亲自作自受也就罢了，可还要误了自己的青春，连母亲当年的丈夫都不要母亲了，如今却让我一个做女儿的被这么一个瘫子拖着，也太委屈了。

女儿有了心事，她在犹豫。

女儿到底还是年轻，沉不住气，有些事不弄清楚，会憋坏的。

女儿说：我想去姥姥家走一趟。

母亲说：那就去吧。

女儿走在去姥姥家的路上。是条泥土路，路两旁是树，枝丫在上空相接。树的两旁是一些正在开放的花儿。有红有紫有粉有黄，花瓣上的露水珠在阳光下一闪一闪，像无数粒色彩斑斓的宝石在那里开会。女儿的心里也有一些东西，满满的，那些东西也在开会。她走了一路，心里就开了一路的会。

姥姥家的院落里有几根葡萄藤开着花，散发出一种淡淡的甜味。

姥姥看外孙心事重重的样子，就让她把心事说出来。

外孙女对姥姥说，有一个小伙子很喜欢她，家里也很有钱，他想带她一起走出大山，去过城里人的日子。但不准她带上母亲。她既不忍心扔下母亲一人在家，又不忍心和那个小伙子分手。所以她很想知道当年父亲为什么抛弃母亲。

姥姥问外孙女：你是不是也想扔下你母亲远走高飞？

外孙女不说话。

外孙女的心思都摆在脸上。

姥姥搭眼一看就知道。

姥姥叹了口气，说：这些年你难道真的什么都不知道？

外孙女说：母亲从没和我说起过。

姥姥陷入沉思。往事的回忆纷至沓来。姥姥说你很小的时候，你母亲领着你到山里拾柴。去的时候，你的脸上还淌着眼泪。你父亲不喜欢你，动不动就跟你吹胡子瞪眼。有时还动拳头。那天你父亲又和你瞪眼，你母亲只好领你出去拾柴。走进山里，你看上了开在山崖上的一朵花，母亲二话没说，就爬上那块山崖上的大岩石，结果，就在快要摘到那朵花的时候，你母亲也从那块大岩石上掉下来。你母亲那时有身孕在身，当场就摔掉了肚子里的孩子。你父亲知道后破口大骂，也不好好给你母亲治伤，结果你母亲的腰就废

了。瘫在床上没多久，你父亲就不要你母亲了。你父亲临走的时候，对你母亲说，你守着你的宝贝女儿过一辈子吧！

女孩略带诧异地问：父亲为什么要这么绝情？难道我就不是他的宝贝女儿吗？

姥姥说：你父亲打过你母亲很多次了，想让你母亲把你扔到大山里去。你母亲被打得身上青一块紫一块，但就是不同意把你扔掉。

女儿问：父亲为什么要扔我？

姥姥说：你本来就是母亲去山里割草时，在山沟里的一条小河边上把你捡回来的……

姥姥说不下去，把外孙女一个人扔在院落里的葡萄藤下，就走出了院落。一步一步，寂然无声，步步踏在女孩心上。

买茶叶

徐镇长在接电话。

电话是他上小学时的一个老师打来的。

老师说后天要来镇上看他。

徐镇长挺高兴。

徐镇长放下电话，就想起了以前上学时老师对他的种种好处。想着想着，徐镇长就从办公室里走出来了。

徐镇长想找办事员小李去给他办件事。

整个镇政府大院都找遍了，也没见小李的影子。

徐镇长站在院子里想了一下，就不再找小李了。

徐镇长回去锁好办公室的门，一个人走到了大街上。

想像中，老师见了他的头一句话，会说："不错啊。你挺能干啊。这么年轻就当镇长了。上学的时候我就看出将来你会有出息的。"

徐镇长确实是个很能干的人。也是个很细心的人。在工作上不管大小事，都要费神想上老半天才去办。很得领导的赏识。在下属的眼里，也是个形象完美的好领导。

徐镇长来到了一个地方。

这个地方是个卖茶叶的小店。

徐镇长打量了一番小店，就走了进去。

一个十七八岁的小姑娘笑逐颜开的和他打招呼。

徐镇长说："给我称一斤最好的铁观音。"

小姑娘说："好一点的三百元钱一斤呢。"

徐镇长说："对。就要最好的。"

小姑娘称完，很认真的包好。

他的老师不喝酒，也不吸烟，就是乐意喝铁观音。

徐镇长等小姑娘包好后，又要小姑娘称了一斤便宜的茶叶。

他的办公室里一天到晚老是来人，不能买太好的茶叶。

因为价格便宜，茶叶的重量自然很轻，小姑娘只好把这斤便宜的茶叶包成两包。

刚付完钱，徐镇长的手机响了。原来镇上有个会，要他快快回去。

徐镇长匆忙提着两包茶叶，去参加会去了。

开完会，徐镇长又忙着去陪客人喝酒。

喝完酒，徐镇长回到了住处，他发现一件麻烦事：他只把那两包便宜的茶叶拿回来了，而那包铁观音忘在了小店里。

第二天，徐镇长没把这件事对任何人讲，就一个人又去了那家小茶叶店。

那个十七八岁的小姑娘依旧笑逐颜开的和他打招呼。

徐镇长才调到这个镇子上，大伙还都不认识他呢。

徐镇长一脸严肃地对小姑娘说："你们这个小店的服务质量有问题。我有个同事昨天买你们的茶叶，付完钱，忘了带，你们也不提醒人家一下。"

小姑娘说："是有这么回事。好像就是你吧？当时你走得挺急的。喊你，你也没听见。"

徐镇长说："你这小姑娘说话可要负责任啊。我哪会干这丢三落四的事？是我的同事忘在这儿了。"

小姑娘也拿不准到底是谁了。

她打量了一会儿徐镇长，看他也不像个坏人。

反正那包茶叶就放在柜台下面，她又问了一次徐镇长茶叶的价格，徐镇长说的一分都不差。

徐镇长说同事今天有事，让他先捎回去。

小姑娘就把茶叶递给了徐镇长。

这时候，徐镇长的手机又响了。

徐镇长接完电话，拿起茶叶刚要走，小姑娘说："没错，昨天就是你。我记得你的手机的铃响。在这个小镇上我还是第一次听到这种铃声。很好听啊。"

徐镇长说："一样的手机多了去了。"

小姑娘还想说什么，徐镇长说："你这小姑娘那么固执啊。我说不是我，就真的不是我。"

徐镇长再也不听小姑娘说什么了，头也不回地走出了小店。

小姑娘站在柜台里面，发了半天的愣。

小姑娘不明白，忘了拿茶叶，这很正常啊。这个人为什么硬是不承认呢？

小姑娘还没走向社会，有些事还真的一时半会儿弄不明白啊。

美丽的女人

事情的真相是在我搬走后的第二年才知晓的。

我记得非常清楚，楼上的那对小夫妻搬来时，那个女的一下子就把楼上所有男人的目光都给吸引住了——身材就身材，脸蛋就脸蛋，看哪儿哪儿好。是那种让人看一眼还想再看一眼的女人。

硬挑她的毛病，也不是没有。她不爱说话。跟谁都不说话。

我们以为她是哑巴。在路上碰到她时，故意问："你能听到我们说话的声音吗？"

她点点头莞尔一笑。

我们刚想再问下一句，她早扭着柳腰袅袅娜娜走远了。

这幢楼已很陈旧了。

楼上住的人家大都是临时在这租赁房子的，所以，平时不串门。我能记住这个女的家里的一些事情，很可能是因为她的确是个美丽的女人，她丈夫的确其貌不扬。他们小两口走在一起时，那种落差非常鲜明。

让人惊讶的是，她的又矮又黑的丈夫，竟时常对她指手画脚，甚至凶神恶煞大声吼叫。我们听不下去时，偶尔也去劝架。女的有时柳眉倒竖。她如果正在喝水，会把一个茶杯扔向丈夫。如果正在梳头，会把梳子扔向丈夫。有时丈夫被砸得血头血脸。但她也有让人可怜的时候，如果是正在看电视，她不会扔电视的。她只能默默地流眼泪。无助的样子让人揪心。我们在心里很同情她，很想指责她的丈夫，可一见她丈夫铁青着脸，像是谁敢多说一句话，非过来咬谁一口不可。

我们说几句无关疼痒的话，然后各自回家，该干什么干什么。

有时，受好奇心的驱使，我们问她的丈夫："你娶这么个漂亮媳妇，是八辈子修来的福气。咋还忍心和她吵架？"

她丈夫可能天生是个闷葫芦。无论我们说什么，他都懒得跟我们说话。

如果问急了，他就会一脸不屑："福气？你也娶一个她这样的媳妇回家试试，看是不是福气。"

我们有时劝完架回来，会大发感叹："一朵鲜花插在牛粪上。"

可是，还没等我们发完感叹，就看见他们小两口又恩恩爱爱下楼散步去了。有时是她丈夫搂着她的腰。有时是把手绕在她白瓷一样的脖梗子上。

他们再吵架时，我们也就不像原来那样忙着去劝架了。就在大伙都习惯了他们俩的吵吵闹闹时，忽然发现她走路的姿势不太受看了。她灿若桃花的脸庞，也挂满了锈色。她常在楼梯上湾着腰呕吐。吐完，就跑到大街上去买一些山楂桔子什么的。有时来不及拿回家，就在大马路上吃得津津有味。我们明白了一件事情：她怀孕了。

大伙心里都为她高兴。以为这下好了，小两口总算是能消停几天了。有了身孕是件可喜可贺的事情。她的丈夫总会让她三分了。

万万没想到的是，她的肚子一天一天地鼓得厉害，小俩口吵架的次数也越来越频繁。

有一天，就在楼前的小花坛边儿上，她手里握着一把鲜翠欲滴的红樱桃。没等她来得及把樱桃续到嘴里，就看到她丈夫气咻咻地指着她的鼻子，怒发冲冠："打掉！我拼上命也要让你打掉肚子里的孩子！"

那时，我正在阳台上给笼子里的鸟换水。我把头探出去，刚好看到她手里的红樱桃像一棵棵流光溢彩的小星星，在午后的阳光沐浴下，全飞到了他丈夫的脸上身上。她丈夫的白衬衣也在瞬间成了迷彩服。

这精彩的一幕被楼上的好多人看到了。于是，我们又得出一个结论：这个美丽的女人很可是个二奶。天下哪有不想要自己亲生骨肉的男人？男的怕女的一旦把孩子生下来，就会有无穷无尽的麻烦。

这种猜测很快不攻自破。

那天小区里的管理人员领着公安局的人来挨家看身份证。也许是小区里的人早就把这两人的事和公安局反映过。看完身份证，又要看他俩有没有结婚证。这一看才知道是真夫妻。

我们又得出一个结论：这个女的一定是怀了别人的孩子。

怪不得他们吵闹不休。

我们都不再对她有好感。甚至感到她姣好的脸庞弥漫着若有若无的妖气。有时听见她的哭声，我们也无动于衷。再说不是今天你搬来了，就是明天他搬走了。几乎无人关注他们小夫妻吵架的事了。

后来，我也搬走了。

没多久，我听原先住在一起的邻居说那个美丽的女人生了个大胖小子。

等到第二年，再见到原先的邻居时，却说那个美丽的女人死了。

我一脸讶然。

邻居说，事情根本不是我们原来猜测的那样。这个美丽的女人虽然耳朵好使唤，但不能开口说话。好在她会写字。平时用笔和丈夫说话。本来他们是一对很恩爱的小夫妻，自打她有了身孕后，小两口的战争到了白热化的程度。因为她在怀孕的同时，检查出来她患了皮肤癌。医生让她马上做化疗和放疗。她为了保住肚子里的孩子，坚持不做任何治疗。丈夫为保住她的生命，非要她打掉孩子。她说你要是想杀死我们的孩子，还不如先把我杀死好了。过了没多久，她的身上有了肿块。只好再次去医院。医生说必须马上接受治疗。不然就会错过最佳治疗时间。她的丈夫吓坏了。天天跟她吵架。催她打掉肚子里的孩子。她却固执得吓人。她说能把孩子顺利生下来是她最大的快乐。丈夫拗不过她，幸好孩子生下来，一点毛病也没有。可等她再到医院治疗时，癌细胞已扩散到全身。

在孩子五个月的时候，这位美丽的女人离开了她的孩子。

离开了，就再也回不来了。

王祥的一天怎样过

王祥的女人快要生娃了。王祥的家境不好，他的母亲半年前患肠癌，住了半年的院，欠了一屁股债。他那个村子坐落在一个人烟罕见的山区。交通不方便，庄稼也不好好长，日子过得窄窄巴巴的。

王祥对女人说："田里的农活也快忙完了，我想去青山林场打工去。"

女人说："来回好几十里山路，听那里打工的人说，青山林场被一个姓王的外地人承包了，对干活儿的人抠得厉害。"

王祥说："顾不了那么多了，我快要做父亲了，手里不积下几个钱怎么行呢？"

第二天，王祥早早起来，贴了满满一锅玉米饼子，又切了一大碟白萝卜咸菜条儿。两个玉米饼子下肚后，王祥又重新生火给女人打了三个荷包鸡蛋。女人平时舍不得吃，把鸡下的蛋全拿到集市上卖了。临走，王祥对女人说："为了肚里的儿子，你不能老是心疼钱。"

王祥一直固执地认为，女人会给他生个儿子。

怀着即将做父亲的喜悦，太阳出来的时候，王祥已赶到了林场。分配给王祥的活儿很苦，要靠一辆用三角铁焊成的架子车把一大垛用电锯解好的木板运到林场总部的院里去。好在王祥平时在田里吃惯了苦。

中午，王祥没舍得买林场食堂的菜，尽管诱人的菜香一阵阵地飘过来。王祥怕别人笑话他，悄悄躲到墙旮旯里，拿出从家里带来的白萝卜咸菜条儿和冻透的玉米面饼子。他想去食堂舀一碗热开水喝，可又一想没买人家食堂里的菜，实在不好意思再去要热水喝。冬日的风吹到脸上格外冷。因为干的是力气活儿，王祥没敢穿太厚的衣服，怕干起活来不方便。王祥浑身上下没一点热呼气儿，他跑到太阳地儿里，把咸菜条儿放在太阳下边晒一会儿再吃。把冰冷的玉米饼子放在塑料袋里，解开棉袄扣子，放在胸膛上暖一会儿再吃。他怕凉了肠胃闹肚子，那样就没法干活儿挣钱了。挣不来钱，拿什么

养活未来的儿子呢？想到这些，王祥在心里说："儿子，都是为了儿子，吃再多的苦也值啊。"

王祥吃一会儿，暖一会儿，总算把两个玉米面饼子填到肚子里去了。吃完，王祥口渴得难受，只好跑到山坡边上的小河沟里去喝冷水。河里的水好凉，王祥激灵打了个冷战。每喝一小口都要在嘴里含好长时间才敢往肚里咽。他仿佛看见白白胖胖的儿子正奶声奶气的冲他笑，顿时，他不再感觉那么冷了。

前几天，王祥在镇上的面粉加工厂扛面袋子挣来的钱一分也没舍得花，全给未来的儿子留着。如果这次苍天有眼的话，林场能赶在女人坐月子的时候把工钱发下来，就能应付置办满月席的开销了。到时候把村子里的人请来，吃他家用红纸染的煮鸡蛋，鸡呀鱼呀摆上几大桌。王祥越想越美，下午干得特别卖劲儿。歇息时，肚子一阵阵坠疼。王祥有些害怕，怕撑不到天黑，那样，这一天的活儿就算白干了，别说领不到工钱，怕是以后再想来干，人家也不要他了。真要那样的话，就断了一条挣钱的门路。

王祥有些急，他悄悄躺在那垛木头上，在玫瑰色的残照下眯上了眼睛。只要能把肚子晒热呼了就什么事也没有了。小的时候只要一肚子疼，母亲就用灌满热水的瓶子放在他的肚子上，不大会儿就什么事也没了。王祥刚躺了一小会儿，听见工头儿在大声吆喝："干活儿了！干活儿了！大伙儿紧把手头这批活儿干完就歇工。"

"王祥，把车子推过来。"

听见工头儿喊他，王祥硬撑着跳下木头垛，紧了一下腰带，他的肚子还是隐隐作疼。王祥在心里说；"王祥你这不争气的肚子早不疼晚不疼，偏这时候疼。"

王祥向那辆铁架子车走去。

惨剧就是这时候发生的。

当王祥的手刚刚握住架子车的车把时，刹那间，王祥大声惨嚎了一声，一头栽倒在地。

这一切只发生在瞬间。

林场的电工知道是怎么一回事了。电工像森林的野狼一样吼了起来："快拉电闸！"

大伙儿闻到了一股烧焦皮肉的煳味儿。

王祥的两只手已被烧成了黑炭。他的心脏，他的整个肉体已被强大的电流击垮。整个人像面条儿一样软在地上。

原来，从电锯前扯过来的是条高压电线。刚才歇息时，铁架子车挨在了裸露出线头的高压线上了。按规定临时用这种高压线时应当用木架子支起来，不应该像现在这样随便扔在地上。

王祥的女人被人搀扶着跌跌撞撞来到林场时已哭成泪人儿。她的怀里抱着一只红冠子大公鸡。这里有个不成文的习俗，死在山上的人要用公鸡引路去把魂儿领回来。不这样，死去的人就会变成孤零零无处安身的野鬼。

"王祥！咱回家呀王祥！"

"王祥！你可要看好脚下别绊到呀王祥！"

"我和肚里的儿子来送你上路了王祥！"

女人凄惨的哭喊声在山林中盘桓回荡。

女人被一阵阵牵动肺腑的绞痛折腾得死去活来。

女人大声喊着："王祥！我要死了！王祥！你再等我一小会儿，我跟你一块儿走呀王祥！"

婴儿最初的几声啼哭，把女人整个心都要揪出来了。这是一个稚嫩的生命，闪烁出绯红色的光彩。

果真按王祥预见的那样，女人为他生了个大胖小子。

冬天的太阳从窗子里照了进来，一直照到王祥儿子的小脸上。夜里刚下过雪，远处山坡上的树木衬着蓝天直直地矗立在雪地上。王祥女人久久地凝视着窗外，她似乎听见了鸟叫。王祥活着时最喜欢听鸟叫了。她转过头，又久久地看着儿子。儿子的父亲永远埋在了那片有鸟叫的山坡上。山坡永恒如一。

女人已是泪如珠下。

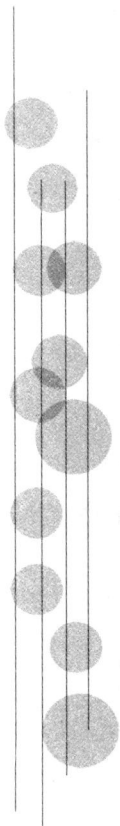

心灵的错位

快下班时，肖姗劝高姐："去医院看看吧。"

高姐使劲摇摇头，像是要把一脸的忧郁统统摇掉。

肖姗一直以为高姐患有更年期综合症。

高姐长长吁口气，两眼定定地看着肖姗。肖姗被看的有些招架不住。两人在同一个办公室工作，高姐很少像今天这样，一脸怪怪的神情，挺让人捉摸不透的。

高姐不说话，就那么看呀看的，把肖姗看得坐不是，站不是的。

高姐终于说话了。高姐说的话肖姗吓了一大跳。

高姐说："死了！"

肖姗问："谁死了？"

高姐说："婚姻死了！家死了！"

高姐从抽屉里拿出一份离婚协议书。正是仲夏季节，高姐的手却抖呀抖的，透着一股凉意。肖姗看协议书的时候，高姐喝干了杯子里的茶水。她知道接下来肖姗该问她离婚的原因了。平时她总向肖姗夸男人是如何的宠她爱她，这件事她也在心里憋了太久，是该说出来了。男人被一个也像肖姗这样年轻的女人勾走了魂。那个女人媚眼如丝，狐狐狸狸的。一想起那个女人，高姐像刀子剜心似的。她在等肖姗的安慰。她也是女人。她现在太需要别人的安慰了。这件事他不想告诉年事已高的父母。只有肖姗是安慰她的最佳人选。肖姗看完协议书，并没像高姐所期待的那样，一惊一乍，问这问那的。肖姗只是轻描淡写地说："僵死的婚姻名存实亡，放弃也是一种美丽。"

高姐一脸愕然地望着肖姗。

"高姐，死亡也是另一种新生。该庆贺才是啊。走，我陪你撮一顿去。"

肖姗脸上挂着笑。高姐看出来了，那是发自内心的笑。而不是装出来安慰她的。高姐的心更沉了。本来是想痛痛快快倾诉的，然后过几天悄悄和男人去民政局把离婚手续办了。现在高姐有些动摇。单位的同事都知道高姐有一个恩爱的家。特别是其他办公室的那些女同事更是眼热的不得了。常开玩笑说，女人的风水都让高姐给占了。如果她们知道自己被男人像扔破抹布一样丢在垃圾箱里，会作何感想呢？

高姐没离婚，依然和男人拖着。

当然是因为肖姗的缘故。

后来科里另一个办公室的同事调到别的处去了，那间办公室就一直空着。高姐非要搬过去。两个女人除了工作上的来往，私下里很少像以前那样聚在一起说悄悄话了。电梯里碰上也只是相互点点头。肖姗知道高姐是个要面子的女人，一直克制着自己不让内心的怜悯流露出来。她怕伤了高姐。一个没有爱的家对女人意味着除了痛苦还是痛苦。

肖姗当然不知道是因为她的缘故。

又过了些日子，肖姗离婚了。高姐知道这个消息后，一个人在办公室坐立不安。看来天下不幸的女人并不只是我一个人啊。高姐决定重新回到原来的办公室。毕竟自己比肖姗大好些，这时候肖姗太需要女人间的关爱了。她决定下午就搬过去，再也不让肖姗一个人冷冷清清上班了。高姐不知道在她做出这个决定的时候，肖姗正在用办公室的电话与心仪的男人说悄悄话。肖姗说："下午你来吧。我自己一个办公室。"

放下电话，望着窗外，肖姗的脸上洋溢着幸福的光彩。

这时高姐也在另一个办公室望着窗外。

满院子的阳光同时明媚在两个女人的眼里。

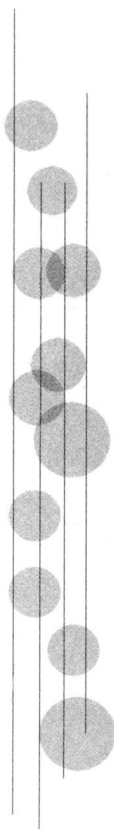

修 庙

　　黄生对村子里的人说，他要修庙。别人说，好事啊。筑路架桥修庙，都是积德行善的好事。黄生的老婆可不这么认为，她说：就我家黄生知道是好事？平时咋谁都不提修庙的事？

　　别人说：梦里都想呢，手里没钱，谁敢说这大话？

　　黄生的老婆说：我家黄生就有钱？

　　黄生没来得及搭话，就被老婆扯着褂袖子拽回了家。老婆对黄生说，你要是嘴痒，去咱家猪栏门上蹭蹭，再提修庙的事，我跟你豁命。

　　黄生可是个能人。老婆气成那样，不消一顿饭的工夫，就哄得老婆消了气，眉飞色舞去菜地浇水去了。

　　黄生跟村子里的干部说了修庙的事，村干部也表示支持，说：你要能把庙修好，兴许能把城里人吸引过来，咱村也就算是上了一项旅游项目。不过，丑话说头里，咱村可拿不出一分钱来。谁让咱是个穷村呢。

　　黄生说：我出钱就是了。

　　黄生最近贩牛挣了一笔钱，这件事村子里的人都知道。听说黄生要修庙，好些上岁数的老人都撺着自家的孙男嫡女来出义工。黄生很感动，但他婉言谢绝了前来帮忙的乡里乡亲。

　　黄生说：修庙要讲个心诚。我出钱一包到底就是了。

　　大伙眼睁着黄生雇来大汽车，把石头一车车地运到庙里来。

　　庙是多年的老庙了。不知始建于何年何月。年岁久了，风吹日晒，几年前就塌了。塌了，就再没能修起来，虽说墙基还在，但里边长满了萋萋荒草，像个缺胳膊少腿的怨妇，摆在眼皮子底下，让人惨不忍睹。

　　黄生是个干什么都很上心的人，也顾不上出去贩牛了，白就白，黑就黑，一天到晚和那些花钱雇来的民工泡在一起。拆墙就拆墙，打地基就打地基。黄生修庙的决心和虔诚让村子里的人对他刮目相看。那段日子，黄生在村子里要多风光有多风光。黄生的名字如鸟儿样飞翔在村子里的大街小巷。

出人意料的是，当地基打好时，墙就再也不往高里长了。村子里的人再也看不到运石头的汽车，更看不到来干活儿的民工。

大伙好生纳闷：这活儿怎会停下来呢？

有好事的想去问问黄生，可上哪儿去找黄生？黄生的老婆也想找黄生，可连黄生的人影儿也没摸着。

黄生的老婆像只母猫，说跳出来真就跳出来了。

有人看见，黄生的老婆在大街上和人打架。打得还挺凶。黄生的老婆说着说着就动了手，上前揪住了一个人的衬衣领子。这个人叫胡秦。劝架的听了半天，才听出点眉目来。原来，有一次黄生贩牛回来，去找胡秦喝酒。喝到天黑时，两人都喝红了脸。黄生问胡秦知道不知道破庙的一些故事？胡秦说，知道。天底下没人比我更知道这个庙的故事了。胡秦光说知道，就是不肯对黄生讲。黄生就来气，从兜里掏出一张百元大票，"啪"一下摔到酒桌上。胡秦家挺穷，一百元钱在胡秦眼里挺当回事。胡秦就一五一十地讲。胡秦的爷爷活了一百多岁。爷爷活着时，跟胡秦讲过，说这个庙可是有年岁了。传说有一朝的皇后娘娘避难进过这个庙。军阀混战时，有好几个大人物也来过这个庙。这个庙里有个和尚很会来事儿，人缘儿好，又很讲义气。听说还有一个当朝大太监和这个和尚有生死之交。别人送了他好些无价之宝。这个和尚到老年时，把一部分金银财宝悄悄埋到了庙里的一个地方，另一部分金银财宝留给了徒儿。徒儿到了老年时，又把这些金银财宝埋到了庙里的另一个地方。这件事在很多年前，传得有鼻子有眼的。村子里曾经有人动过这个庙的念头，但谁也不敢轻易动手。庙虽说是塌了，但庙就是庙，哪能想动手就动手呢？喝完酒，黄生想了好几天，就想出这么个办法：修庙。明里是修庙，暗里是找一些知己在夜里挖地三尺。可是，挖了这么些天，把贩牛挣来的钱都搭进去了，连金银财宝的边儿也没见着。老婆天天和黄生要金银财宝。黄生说，快了。黄生一次次的从老婆手里往外拿钱，又一次次地说，快了快了。想像中的金银财宝像一块磁铁，把黄生贩牛挣来的钱都吸光了。老婆有好几回使劲儿掐黄生的胳膊。好像那些金银财宝都埋在黄生的胳膊里面。把黄生掐得龇牙咧嘴的。黄生也开始心里发虚，说是又要出去贩牛，就神不知鬼不觉地从家里溜走了。

走了，到现在也没回来。

黄生的老婆越说越来气，一来气就又要上前揪胡秦的衬衣领子。这时候

站在旁边的另一个人出来为胡秦说话。这个人叫二歪。二歪把黄生的老婆和胡秦两个人拉开，说：这件事怪不得胡秦。是黄生自己鬼迷心窍，想发财想疯了。

二歪穷得说不上媳妇，就常去和一个寡妇约会。每次约会的方式，就是把写好的纸条儿悄悄放在庙里的破砖烂瓦底下。黄生看见二歪好几次在那里扒拉着找东西，以为二歪在破庙里寻宝。那段日子，黄生老是看电视里的一个叫做"鉴宝"的节目。他常幻想破庙的地下埋着好些值钱的古董什么的。二歪现在守着人没法说他常去破庙这件事，但村子里的人都怕二歪。二歪挺难缠。黄生的老婆窝了一肚子火，又找不到出气的地方，心里像长草一样难受。

等呀等，还是没把男人黄生等回来。

现在，黄生老婆心里的草比庙里墙基跟前长的草还要旺呢。

羞答答的玫瑰静悄悄地开

有一个女的，叫雪女，漂亮。

雪女有一个女儿，也漂亮。

女儿上高中那年，雪女的丈夫患了一种缠手的病，东治西治，治了二年，欠了一屁股债，还是撒手西去。

雪女的同事劝她再找一个。

雪女也想找，别人就给她介绍了一个丧偶的中年男人。

谈了些日子，雪女发现了一件事情：中年男人每次见到她的女儿后，表现得格外殷勤，眼神也怪怪的。雪女怕了，她不再让那个中年男人来找她，也婉拒了周围的热心人，不再去和任何一个男人约会。一心想等女儿考上大学再说。

雪女最愁的是如何才能还清那些欠债，这件事不能和女儿说。雪女想呀想，实在想不出有什么好办法。厂子不景气，早就放长假了。她婆家的一个远房亲戚开古董店，想找一个人白天在店里给照看一下。雪女就去了。尽管月薪少，但总比在家闲着一分钱不挣好。

亲戚对雪女说："有顾客的时候，你给我看店。不忙的时候我看你。"

雪女只当没听见。

亲戚竟对雪女动手动脚。

雪女想辞了这份工作，可是想来顶她这个位儿的人多得是。

亲戚干脆和她挑明："你应了我。我给你再多加一倍的月薪。"

那几天雪女正为钱烦心。女儿要交学费，她借了好几家，都没借着一分钱。她不好意思再和亲朋好友借，光是给丈夫治病就欠老鼻子钱了。那天亲戚早早地让她关了店门。当亲戚把她摁倒在长沙发上时，她完全能抽身跑开，但她没跑。事后，亲戚给了她一笔钱。她回家后就把这笔钱给了女儿。

女儿当时正为没钱交学费愁眉苦脸。

那一晚，雪女悄悄哭了大半夜。

平时，她最痛恨的就是男女之间的不检点。

雪女在亲戚的古董店里认识了好多有钱人。那些人来看古董的时候，也免不了悄悄和雪女说一些让她脸红的俏皮话。他们中的好些人都给雪女留下了名片。雪女没想到的是，亲戚有一次进货时，竟一时看走眼，结果古董店只好关门。雪女没了工作，在家闲着看那些名片。她照着名片上的电话号码，试着打了一次，没打通。她又随便换了一张，又打，通了。打那，雪女手上的那把名片就成了她走向一个又一个男人的桥梁。

天有不测风云，雪女没想到自己会得绝症。

她在医院查出病来后，心都要碎了。

当年丈夫患病时，有她来借钱跑前跑后，现在女儿再有大半年就要高考了，她没敢把病情告诉女儿。她没有按医生说的住院接受化疗。她的时间不多了，她要把一天当做一年用，一定要给女儿攒足将来上大学的费用。这是她活在世上最后的心愿。

让雪女悲哀的是无论如何的擦脂抹粉，仍无法遮掩她憔悴的容颜。有时正陪着客人说话，好好的就会晕倒。以前那些常找她的客人像是从人间蒸发了。就在她心灰意冷时，没想到的是有一个男人主动给她打电话。尽管她在古董店时就有这个男人的名片，可她一直没敢给他打。这个男人以前每次来店里时身边都有花骨朵一样的女孩子相伴左右。男人在这个不大不小的城市里是屈指可数的大生意人。

雪女去了咖啡厅，问那个给他打电话的生意人："你咋知道我家电话号码？"

生意人说："在这个城市里没有我不知道的事情。"

让雪女不解的是，生意人并没对雪女提什么非分的要求。从咖啡厅出来的时候，生意人对雪女说："我最近生意一直不顺。有个算卦的说我需要清心寡欲一段时间，以后你多陪我说说话吧。"

出呼雪女意料，那天生意人竟给了她比平时陪客人要多好几倍的钱。

打那，生意人常打电话约雪女出来说话，虽然只是陪生意人说话，但生意人好像是个独占欲很强的男人，他不乐意雪女再去陪别的男人。雪女的身体每况愈下，也根本不能再去陪任何男人了。她唯一感到幸运的是，在她的生命的最后时刻，只凭说说话，就能给女儿继续挣钱。

生意人告诉雪女，他现在早已厌恶了那些青春靓丽的女孩子。他非常渴望像雪女这样的中年女性坐在他的身边，静静地听他讲生意上或失意或得意的一些事情。他正津津有味地讲着，雪女却又一次晕倒了。

雪女从医院醒来时，生意人正一步不离地陪在她床边。

雪女对生意人说："送我回家，我不想让我女儿知道我的病情。我以前瞒着你，是怕你知道我的病情后不再让我陪你。"

生意人说："好的。我送你回家。我和医院说一下，你以后可以在家接受治疗。钱由我来出。你放心好了。"

雪女说："为什么对我这么好？"

生意人说："因为喜欢你。"

雪女很幸福地笑了。

在她所有陪过的客人中，生意人是她遇到的最重情义的一个男人了。

雪女没来得及回家接受治疗，就在医院永远离开了人世。

雪女永远不会知道，她藏在家中的病历被女儿无意间发现。女儿还悄悄跟踪了母亲，知道了雪女在挣那种不好说出口的钱。女儿找到了雪女藏在抽屉里的那些名片，挑了一个在这坐城市里最有影响力的一个人，然后拨通了这个人的电话。

当女儿站在这个人的面前时，这个玩过无数女人的生意人一下子就被这个冰清玉洁的女孩子吸引。

女儿对生意人说："我可以用我一个假期来陪你。你想怎样都行，我一分钱都不要。只是要答应我，多陪我妈妈说说话吧。她为了我，牺牲了一生的幸福，最后连她最最看重的面子都不要了。"

女儿泪如泉涌。

生意人就是在那一刻拿起了电话，第一次约了雪女。

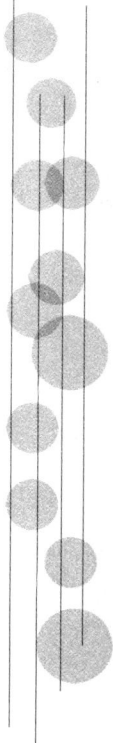

白月亮

江已到了说媳妇的年龄。可江对女人好像不太感兴趣，依然痴迷于玩弹弓打鸟。这真是没办法的事。江从很小的时候就会做各种各样的弹弓。上课时老师没收了他的弹弓，等下课做课间操时，江一个人悄悄爬到校门口的大柳树上，不一会儿就又做成一把柳木弹弓。为玩弹弓，江断不了隔三差五回家挨一顿皮肉之苦。江是爹一手带大的。邻居大兴劝江的爹，说叔犯不上跟江生气，树大自直。爹看江天生不是上学的料，就让江先学地里的农活儿。江说庄稼活儿不用学。人家咋着咱咋着。爹一脚踹过来，江冷不防摔了个嘴啃泥。爹说江你听好，再看见你玩弹弓，一刀把你的爪子剁下来喂狗去。江天不怕地不怕，就怕惹爹生气。爹让他去锄草，江就扛起锄头去了豆子地里。锄了没几棵草，就听见树林子里有麻雀的叫声。江只要搭耳一听，就知有几只麻雀，在什么方向，江就手痒。江扔下锄头，跑到树林子里，从裤兜里掏出弹弓，嗖嗖嗖，几只麻雀像秋风中的树叶飘然落地。

神手。神手呵。

江回头看，是放羊的王罗锅。王罗锅哮喘病挺厉害。瘦得像只大干巴虾米，又没钱治。江拾起地上的麻雀递给王罗锅，说大叔你拿去褪褪毛，剁碎了炒芫荽吃，香死个人。以后江常把打来的麻雀送给放羊的王罗锅。王罗锅说你要有看中的姑娘跟叔说，叔给你保媒，一保一个成。江说，没有。谁愿意跟一个玩弹弓的男人过一辈子。王罗锅说，瞎说。我问你想不想和女人入洞房？江说想。等我入了洞房，我就抽下新娘裙子上的松紧带做弹弓。王罗锅说不害臊。俺家金玲在城里给人当小保姆，我让她从城里给你捎些耐用的松紧带，管你用个够。

那天江去王罗锅家拿松紧带，正赶上金玲哭天抹泪寻死觅活。王罗锅急得团团转。金玲怀孕了。王罗锅一会儿红脸一会儿白脸，问了半天，金玲死活不说。王罗锅让她去医院流产，金玲哭着说我宁愿去死也不上医院。不如

我死了落个大家干净。金玲说着就伸头往墙上撞。江一把抱住金玲的腰，说金玲你这么年轻，又长得这么好看，活着比什么都好呵。金玲说走到这一步，说什么都晚了。江说金玲你要是不嫌弃就嫁给我吧。我疼你护你一辈子。要嫌去医院难为情，就把肚子里的娃儿生下来，只要你答应我好好活着，什么都依你。

金玲一下子扑进江的怀里，大哭三声，突然昏倒在地。

江和金玲成亲没多久，玲就显怀了。村里的人再看见金玲时指手画脚叽叽喳喳。金玲常一个人垂泪。江对金玲说，往后谁要再敢多嘴多舌我就用弹弓打瞎谁的眼珠子给你看。

金玲的预产期到了。夜里，金玲躺在床上腹疼得睡不着觉。捱到后半夜，金玲疼的撑不住了，江忙穿上衣服从门后摸了根顶门棍走出大门。走到胡同口，江一个人默默地站着。天上的星星不知躲到哪里睡大觉去了。江看见月亮贴在金丝绒一样的夜幕上。月亮又大又圆。多好的月亮呵。这时候江听见邻居大兴喊，抓贼！抓贼啊！江看见一个人影从大兴家里跑出来。江回过身去，一棍子抡过去，江正要再抡第二棍子时，听见"噗"的一声闷响，小肚子那里凉凉的。一把三角匕首插在他的小肚子上。

金玲听见外头的动静，连急带怕，动了胎气，当晚生下了一个男娃儿。

江死后，有一个城里男人来找过金玲好几回。金玲说当初我人不人鬼不鬼地回到村子，要不是江肯娶我，我早就不在人世了。那时候你吓得连面都不敢露。城里男人说我妈不愿意，嫌你是乡下人。要死给我看。现在看在咱孩子的分上，跟我走吧。金玲死活不走，城里男人只好一个人走了。回城后赶上厂子里精简人，就下岗了。城里男人又回到了乡下对金玲说，我这一生也不会和你分开了。江的忌日那天，也是娃儿的生日。金玲把儿子抱到桌前，桌上放着钢笔，算盘，还有金玲戴过的手镯。娃儿伸出了胖胖的小手，小手上有一排小肉窝窝。娃儿的小手越过桌上的这些东西，一把抓住了挂在墙上的柳木弹弓。娃儿咧开小嘴格格地笑。金玲热泪盈眶，扑扑嗒嗒弄湿了弹弓把儿。娃儿睡着后，金玲怎么也无法入睡，索性一个人悄悄来到了院子。金玲的手上拿着那把弹弓，一直端详到星落月儿圆的时候，听见娃儿在屋里哭着找她，这才叹口气回到了屋里，把一轮又圆又大的月亮关在了门外。

樱 桃

洞房花烛夜，新郎问新娘："假若有一天，得知生命只有最后一分钟了，那时你对我说的最后一句话是什么？"

新娘刹那间羞云满面。她心里有些不悦，又不好明说出来。

新郎偏不看眉眼高低，穷追不舍。

"心里怎么想的就怎么说嘛。这有什么难为情的。屋里又没外人。"

新娘莲脸桃腮，像是刚从天上飘飞下来的仙女。

"今天是我俩大喜的日子。你这么问，多不吉利。"

新郎不依不饶，非要新娘在这个花好月圆的洞房之夜提前说出生命中的最后一句话。

新娘说："就像我们不可能预先知道自己一生要穿多少衣，要吃多少饭，要交多少朋友一样，谁也不会提前知道我们最后一句话会说些什么。"

新郎一直在痴痴地望着新娘。

新娘鼓溜饱满的双唇愈发红润，娇艳成两串鲜艳欲滴的红樱桃。

新郎在心里对自己说："不说就不说吧。我现在要吃樱桃了！我真的要吃樱桃了！"

就在新郎伸出胳膊把新娘弯在怀里时，他还没来得及亲吻新娘樱桃一样好看的红嘴唇，新娘灵机一动，说："你还好意思问俺？为啥你不先说说让俺听？"

新郎那时一门心思都在新娘的嘴唇上。他脑子里的酒精开始一点一点地燃烧。他根本没听清新娘刚才说的话。他只是迷醉而又痴情地说："樱桃！樱桃！"

新娘还想再说些什么，可是新娘一句话也没说成。不是新娘不想说，是她樱桃一样好看的双唇早被新郎滚烫的双唇覆盖。

新郎和新娘双双跌进了激情四射的浪漫里了。

婚后第二年，春末夏初，樱桃刚刚上市，价钱贵死个人。新娘没舍得多买，也就买了有一捧。回家后兴高采烈地要丈夫吃樱桃。丈夫奇怪地看着妻子，"你买这玩意儿干啥？我从小就不吃酸的水果。我的牙不行，一吃酸东西，就难受好几天。"

妻子把那捧鲜艳的红樱桃放在厨房里，也许是妻子忙别的事给忘了。也许是妻子和丈夫一样，也不喜欢吃樱桃。总之，那一大捧樱桃在厨房一放就是好几天。最后烂成了一摊红泥巴。打那，妻子再没买过樱桃。后来夫妻俩有了孩子，孩子想吃樱桃，妻子说："那玩艺可不能随便吃，有毒，会毒坏脑子的。"

后来孩子在学校里见同学们吃樱桃，他们一点也不怕有毒。吃得津津有味。孩子回家，一脸的不高兴。

"为什么别人家的孩子能吃樱桃呢？"

"咱不管别人家的事，反正咱家的孩子不能吃樱桃。"

再后来，孩子稍大些，便懂事了。背着家长在外边吃樱桃，吃完了抹抹嘴，没事人一样回家后，再不提樱桃的事。

就这么，日子树叶一样的稠密。过完今天过明天，总也过不完。

夫妻俩说老就老了。几个孩子也都飞得远远的。家里一下子清静下来。丈夫和妻子商量好要去旅游。妻子说她只在电视上见过飞机。丈夫说那就坐飞机，想上哪就上哪。就在丈夫买好了两人的机票，正在准备行程中随身要带的生活用品时，妻子却一阵眩晕，送到医院后，确诊是癌症。已到了后期，不能再动手术了。

妻子的身体一天比一天消瘦。总在医院里化疗放疗的，有些吃不消了。便想回家休养几天。来家后，孩子也都像鸟儿一样，从全国各地全飞回来了。大儿子已成了一家公司的老总。大儿子很懂事的，一天到晚率领着几个弟妹，寸步不离地守候在母亲的病床前。孩子们是有话要问母亲的。他们商量来商量去，最后决定让大哥来问母亲。

大儿子装做漫不经心地问母亲："咱家为啥对樱桃讳莫如深？"

母亲那时已很虚弱了。嘴唇嗫嚅半天才断断续续地说："你父亲心里可能装着一个叫樱桃的女人，尽管我从来没问过他。我一生都在提心吊胆，唯恐他让别的女人抢走。他也够可怜的，从没敢跟我提起那个女人的事。等我走了后，帮他去找那个叫樱桃的女人吧……"说完母亲就永远走了。

　　大儿子不知道，刚才的话全被悄悄站在身后的父亲听到了。他是来催促老伴喝药的。他没来得及和儿子解释什么，而是示意儿子先出去一会儿。他把那碗妻子永远也无法喝下去的药放在床头，然后，找出口红，把妻子失血的双唇涂抹成娇艳欲滴的两串红樱桃。老人一遍又一遍深情地亲吻着妻子的嘴唇，禁不住热泪盈眶。

　　当他轻轻擦拭滑落到妻子唇上的泪时，嘴里喃喃自语："樱桃！樱桃！"

仲夏的莲

月亮出来的时候，把莲家的天井照得像铺了满地的白霜。莲就是在这个时候走进自家大门的。她听见爸使劲咳了一下。

"疯。就知出去疯。"爸朝地下重重地吐口痰。

"去秀儿家坐哩。"

"坐哩坐哩。养你这么大就知个坐？"爸又朝地下吐痰。

莲说："缸里的水挑满了，灶里的柴也抱好了。"

爸就埋头抽旱烟袋。爸抽了大半辈子旱烟，一到冬天就喘个不停。瘦骨嶙峋的胸膛拉风箱一样让人看着揪心。有一回莲的妈买回一条纸烟。妈说别再抽旱烟了，伤身哩。莲的爸一把夺过纸烟，连撕带踩，踩了一地的碎烟末子。

"败坏。就知败坏。有个金山银山也叫你个贱女人给花空了。你有多大个脸？就给男人买纸烟抽，你想把这个家抽毁呀你！"

莲的妈大气都不敢出。

莲说："妈，你早晚叫爸打死。"

妈说："你知？夫与天齐。有你爸的病身子撑着，咱就是头尾齐全的一家子人哩。"

莲的眼里就有了泪。莲说："等有了钱，我买一汽车纸烟，让爸踩个够。等爸踩累了，踩没劲了，就不踩了。"

妈说："你当钱好挣？等你去拣哩，这是命。"

爸的烟袋锅像一个小火球在明晃晃的月亮地儿里一下一下地闪着红光，说："南岭那边的亲事，定了。"

莲问："定了？"

爸说："定了。"

莲的妈站在堂屋里扶着门框，一脚门里一脚门外。妈才四十多岁，头上

就有了那么多的白发。

爸说："无公无婆，无哥无嫂，进门就当家。今过晌钱都送过来了。"

莲说："真？"

爸说："真。"

莲说："我刚才问过秀儿，这门亲事好就好在游手好闲，又馋又懒。"

爸的脸上结了一层冰霜："你都知？"

莲睃一眼爸，又睃一眼妈。莲的眼前又晃动着跛着一条腿的哥。哥才不去管有月亮地儿还是没月亮地儿。饭碗一推，就跛着一条腿，在天井里走过来又走过去。哥的脚步声总是一重一轻，像一把卷了刃的大锯把一家人锯得坐卧不宁心事重重。这时候莲就会听见爸重重地咳一下，说："三只脚的蟾没处寻，两条腿的女人会找不到？"

莲知爸的心思，爸在等莲的回话哩，好定下婚期，买下做嫁衣用的料子。她偏不开口，心说我才不会像妈那样看你脸色，让你拿捏哩。莲的妈跌跌撞撞从屋里跑出来，"扑通"一声跪在莲跟前。妈说："好娃儿，妈给你跪哩。妈给你说实情，人家送来的钱好厚一大卷子哩。够你哥盖房子娶媳妇用的了。只是苦了俺娃儿了。妈对不住你。"

莲的爸一脚踢过来，妈的嘴角就溢出一缕血丝。爸说"山高遮不住太阳，她吃你奶长大，你还给她跪。"

莲对爸说："你敢再动妈一指头，我立马就去南岭退婚。"

妈嘴里的血丝把平领的月白褂子染红了一片。这是今年春上县里扶贫时发给莲家的。当时莲的妈还舍不得穿，怕人眼热，后来见左邻右舍都穿上分来的衣服，有的料子比她这件还好，她这才敢往外穿。

莲说："妈，我应。这门亲事我应下就是。"

莲说完就一脚把天井里爸刚坐过的马扎子踢到大门外头。莲小时候和哥一块上坡里割草，回村的路上有两条狗在红着眼打架。莲手里的小镰刀惹恼了狗，狗以为马上要受到伤害，就回过头来一齐咬莲。哥急了，把一筐子草砸过去，狗就又掉回头去咬莲的哥。哥的镰刀在草筐子里，哥说莲你快砍你快砍呀莲。莲一镰刀砍过去，狗跑了，却砍在哥的腿上。

哥腿上的血汩汩地往外淌，按了好几把土，还是淌。后来，哥就跛了一条腿。

第二年的夏天，莲就嫁到了南岭。莲极少回娘家。有一回娘家村的秀儿去找莲，发现莲的脸上有一块红枣大的疤痕，就在胭腊骨那里，很显眼。秀

儿问，莲说是让砖头砸的。又过了一年，秀儿去看莲，村里人告诉秀儿，莲现在当了镇上果品加工厂的厂长，一天到晚忙着哩。秀儿问，她男人还打她吗？村里人说她男人现在就在莲的手下听差。谁不知道她男人凶？末了还是得听莲的。这叫卤水点豆腐，一物降一物。

秀儿长长吁口气。

咯咯咯，一阵清脆的蛙鸣传来，秀儿看见村头池塘的莲花正开得爽人眼睛。

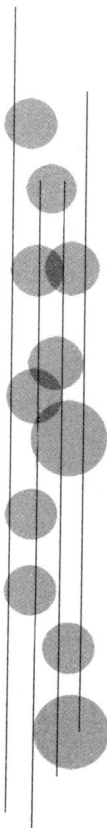

上天早就有安排

我和于娜娜有五年的恋爱史，别人都说于娜娜是煮熟的鸭子，飞不了的。我也这么认为。

于娜娜注定要嫁给我。她那么喜欢我，一日不见，如隔三秋，舍我其谁？打死我也不敢相信，在我们相爱的第六年，一连串意想不到的变故接踵而来，最后的结局是于娜娜做了别人的新娘。

那段日子是怎么熬过来的，现在回想起来，连我自己都有些不寒而栗。但我还是挺过来了，活下来了。

我现在活的还不赖。

当时，自从于娜娜和别人入洞房的那一刻起，我就像霜打的茄子，班也不上了，饭也吃不下几口。每天除了睡大觉还是睡大觉。

我的父母常常陪我落泪到深夜。

父亲总是困兽样在客厅里走来走去，走来走去。

记的那一晚的月亮好的不能再好。也许是美丽的月亮让我父母忧虑焦躁的心情稍稍有些平静。

是母亲先走到我的床头，然后母亲坐在我身边。不知何时父亲也来到了我的房间。在我的记忆里父亲很少进我的房间。也很少和我说话。大概父亲准备把他一生的话都要奉献给我的母亲，他只和母亲单独相处时才会滔滔不绝。

可那晚父亲却破天荒非要和我聊天。

我对父亲说，难道你不知道我不想说话吗？

父亲笑了，是那种宽容大度的笑。

父亲说，你不用说话，只听我给你讲个故事好了。

母亲静静地坐在那儿，陪我一起听故事。

父亲说在很早以前，有一个乡下的男孩放学回家，走进村子时，男孩看到路边有一个算卦的半瞎子，半瞎子正在给一个女人算卦。女人好像不太相信半瞎子说的话，半瞎子就指着迎面走来的男孩说，你知道他将来要娶谁吗？

女人说，谁？

半瞎子又指着槐树下躺在草席上的一个女娃娃说，就是她。

那个女娃娃也就有一岁多的样子，头发黄黄的，满脸的清鼻涕。一双脏小手正在往嘴里塞土。男孩越看越有气，心想，我长大了怎么会娶这样的脏女娃子做媳妇呢？我宁可打一辈子光棍也不娶媳妇了。在男孩的心目中娶媳妇是一件令人开心的事情。他见过别人家娶媳妇，鞭炮不停地放，鸡呀鱼呀肉呀不停地上。新娘子打扮得比天仙还要好看。大人的脸上笑得像是开了花。可这个讨厌的半瞎子为何偏让我娶这个又丑又脏的女娃子呢？

男孩拾起路边的一个小石子儿，向那个脏女娃娃砸了过去。女娃娃放声大哭，头上的血越流越多。男孩吓坏了，没命地往家跑。结果女娃娃的母亲找上门来，男孩的屁股被父亲打得疼了好几天。上课的时候都没法挨板凳。

后来男孩的父母双双去世。

男孩被居住在另外一个城市的叔叔收养。

后来，男孩长成了一个漂亮的小伙子。

再后来，男孩工作了。

男孩要结婚了。

入完洞房的第二天早上，男孩打量着自己的妻，越看越爱看。妻正在梳头，她从镜子里看见丈夫在看她，有些难为情，脸都被看红了，红得像苹果一样好看。

男孩说，我来给你梳头吧。

妻执意不肯，男孩非要给她梳。妻只好把梳子递给他。男孩发现妻的头上有一块铜钱大的疤痕，明光光的要多难看有多难看。

妻夺过了男孩手中的梳子，说，我说不要你梳嘛。听大人说我小时候被一个坏孩子用石头砸破了头，差点要了我的命呢。

男孩便问妻的老家在哪里，问过后男孩才知道妻和他是同一个村子的老乡。不过妻在还不到四岁的那年老家发大水，便流落到这座城市。在城市重新办理户口时，大人就把妻的名字换了。

男孩一直没敢把真相告诉妻。

男孩从此待妻好得不能再好。

别人都以为是男孩岁数比妻大的缘故。

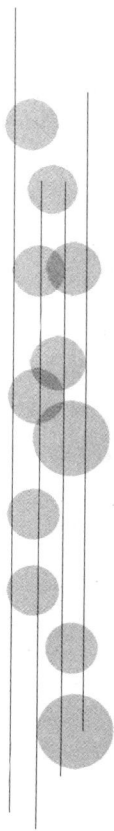

父亲的故事讲完了。

我看见母亲的眼里有了泪。

我轻轻拂开母亲的头发，看见了那个铜钱大的疤痕。

我们一家三口抱做一团。

那种相濡以沫的感觉真好。

我想，我要好好振作起来，要对得起父亲。因为父亲为了拯救我，把准备一生都不想讲的秘密告诉了我和母亲。

后来我就找到了现在的妻。

那天我去书店买书，听见有人喊我，张强！

我回头看，是一位漂亮的陌生姑娘。

我说，你是在喊我吗?"

姑娘有些不好意思，说，对不起，把你当做我的一位高中同学了。他叫张强。看背影真像他。

我说我也叫张强。

那天我们无意间就这样认识后相爱了。

我结婚时闹洞房的人非要我讲恋爱经过，我大概是喝多了，便把我以前的和现在的恋爱故事全讲了出来。等到洞房里只剩我们俩人时，我把娇妻拥入怀中，说，你不会在意我以前谈过恋爱吧?

妻说："你命中注定是我的。因为上天早就有安排。"

马路边上的女子

　　马路边上站着一位女人。

　　看样子，女人想要横穿马路。

　　当路口的绿灯亮起来时，女人刚往前走了没几步，便皱着眉头，表情非常痛苦。

　　女人只好在原地蹲下，眼巴巴地看着绿灯一闪一闪地变成红灯。

　　绿灯又一次亮起来时，女人长长吁口气。

　　女人小心翼翼地试着往前迈步。可是，又像上一次一样，她的眉头皱得更厉害了。看样子，她好象是身体不太舒服。也许实在是撑不住了，她怕影响别人走路，便又退回到原来的地方。她不想再蹲下去了。她觉得在车水马龙的大街上，那样在众目睽睽下皱着眉头蹲下，也太不雅观了。女人就又往后退了几步，索性靠在一棵法国梧桐树干上。

　　绿灯又亮了。

　　女人心里一阵欢喜，她这次愈加的小心，慢慢地离开梧桐树，慢慢地迈着小碎步往前走。

　　女人的样子很着急。

　　女人急于想到马路对面。看样子她是豁出去了。咬着牙皱着眉，用尽全身的力气站起来。可是，她只走了几步就又无可奈何地蹲在斑马线上了。

　　在路中央指挥交通的交警赶紧过来，问她："同志，你身体不舒服吗？一会儿绿灯停了，你蹲在这里很危险的。"

　　女人说："我腹疼得厉害。走不动了。我从小就有这个毛病。你把我扶到对面吧。我身上带着止疼的药呢。"交警搀扶着她，可是她的样子很痛苦，根本无法迈步。交警真的急了。也顾不得多想，连忙把她背起来，刚把她背到马路对面，绿灯就停了。

　　交警从亭子里搬出凳子，又端来开水，帮她把包里的药喝下去。她不敢

再起身往前走，怕万一再腹疼起来可就麻烦了。

她让那位交警先去忙工作，不要管她。

她静静地坐在那里，坐了好长时间，眼睛一直在看着那位指挥交通的交警。后来，女人才把凳子放回原处。她怕耽搁那位交警的正常工作，也没打招呼，悄悄继续往前赶路。

过了一些日子，有一位女人敲开了本地报社的生活版办公室的房门。女人拿来一篇稿子，说是有感而发，写了一篇稿子，要好好表扬一位热心肠的交警。女人还一五一十向那位女编辑讲了自己因腹疼不能过马路的经过。女人说，当时真的是没想到那位交警那么忙，还能把她背到马路对面。

那位漂亮的女编辑听了也很感动。说："你把稿子留在这里吧。等我看完后马上给你答复。"

女人非常高兴地给女编辑留下了自己的手机号。

女人等呀等。盼星星盼月亮一样等了半个月，结果一直也没把那个女编辑的电话等来。女人干什么都是个急性子，她迫不及待地又一次敲开了那位报社女编辑办公室的房门。

女编辑说："我早就想给你打电话了，可是一直在乡下做采访。今天刚回来。你那篇表扬稿我看过了。"

女人诚惶诚恐地问："能发表吗？"

女编辑说："你的文笔非常好。只是不能写成现在这个样子，有些像随笔。最好不要加进一些你个人的感想。说句你不介意的话，从字里行间看得出，你可能是在悄悄喜欢那位交警吧。"

女人笑靥如花。

女人说："我是在悄悄喜欢李瑞。李瑞也在悄悄喜欢我。那次我腹疼好了后，第二天我就请他吃饭，我们还去咖啡厅喝了咖啡。很谈得来，有种相见恨晚的感觉。"

李瑞就是那位交警的名字。

女编辑说："看来你俩还挺有缘的。"

女人说："男女之间，感情的事说不清的。一分钟可以认识一个人；一小时可以喜欢一个人；一天可以爱上一个人；一生难以忘掉一个人。"

女编辑说："缘分确实是件不可思议的事情。稿子先放在这吧。等我有时间再好好地看一下。你等我的电话吧。"

女人就又望眼欲穿地等女编辑的电话。可还是没把女编辑的电话等来。

她不好意思再去催人家了，只好每天下了班就去找李瑞，有时两人去喝咖啡，有时去郊游。

女人看得出，那段日子里，李瑞的情绪坏透了。

慢慢地，李瑞也开始主动约她去喝咖啡。

再后来，女人就做了李瑞的新娘。

入洞房的时候，李瑞问新娘："没想到，我当时看你可怜才背你的，你也太容易感动了。"

女人对李瑞说："我早就喜欢上你了。在你背我之前，我就有事没事的总爱在路边看你在川流不息的马路上，一站就是大半天。你穿制服的样子好帅。夏天看你晒在毒辣的太阳下，我的心都要揪碎了。"

女人本来还要再说点什么，但还是忍住了。

她没敢把自己装腹痛的事说出来。

也没敢说去报社送表扬他的稿子的事。

更没敢说她早就知道他当时正在和报社的女编辑谈恋爱的事。她当时想了好些天，才想起了装腹痛，然后去报社送表扬稿子，目的就是为了让女编辑知道她喜欢李瑞。当时她也不知道这个办法是不是管用。她太爱李瑞了，别的什么也顾不得多想了。

没想到，她竟真的得到了李瑞。

李瑞呢，他这一生永远也不会忘记，那天，他的恋人忽然间发来一个手机短信："佛说：前世的五百年回眸，才能换回今生的擦肩而过。"

打那，恋人的手机号就换了，他去找了几次，都被婉拒门外。

他的恋人，也就是那个报社的女编辑，就这样和他擦肩而过。

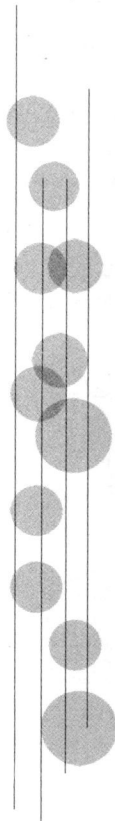

金子一样的日子

梨村是个小得像蛋壳一样的小山村。村里好多女人没见过火车，有的连县城都没去过。祖祖辈辈过着日出而作，日落而息的庄户日子。

镇上才办了个农业科技培训班，要每村去两个人。别的村都争着抢着去，唯有闭塞的梨村没人报名。村长费了好多口舌，不顶用，就想硬派。村里识字的人不多，女人堆里只有桂嫂念过初中，是村里为数不多的女党员。这里离镇上有二十多里的山路，硬派一个女人的话实在说不出口。就在村长为难的时候，桂嫂自个儿跑了来，说："俺去。俺是党员！咱村现在能引水上山了，多学几门种地的手艺，俺就不信富不起来。"

村长答应后，桂嫂又去找在家闲着没事干的青龙。青龙念过高中，脑子也挺好使唤，因为才失了恋，干什么都打不起精神头儿。

桂嫂说："七尺高的大男爷们儿还不如我一个包头巾的女人呀青龙？要让人看得起，就得先自个儿看得起自个儿。"

青龙就跟桂嫂一道去镇上听课。村里的女人叽叽喳喳："桂嫂这人，好好的，偏要出风头，黑灯瞎火的在路上，一男一女算咋回事？"

"识几个破字，谝能哩。"

"桂嫂的男人在城里打工，挺能挣钱，嫁汉嫁汉，穿衣吃饭，她还逞什么能？"

月亮出来了，挂在村外河边的柳树梢儿上。绿绸似的河水从桥上弯弯地流过。桂嫂和青龙回来路过小桥时，桂嫂说："青龙，你先回吧。我想在河边坐一会儿。"青龙说："我也坐一会儿。"

河水静静地流淌，只在擦过树根的地方发出潺潺声和汩汩声。在河边开阔的草地上，空气里弥漫着花草清香。桂嫂说："青龙，等咱学完回来，咱两家的地里带头用新麦种。另外，咱再照课本上讲的，把园里的果树好好侍弄一遍。我就不信咱天生比别人笨。"

青龙说："等下次再选村长时，俺投你一票。"

桂嫂说："俺没那野心。等咱村富了，俺只想尝尝金子一样的日子是啥样的滋味。"

月亮越升越高了。两人起身回家。桂嫂光顾说话，脚底下被河边的石头绊了一下，险些滑倒。青龙赶忙扶住了桂嫂。这时，桂嫂听见自己的男人吼了一嗓子。桂嫂就笑了："娃儿他爸，你咋这晚才回呀？"

桂嫂男人的脸上大筋纵横，勃勃地鼓涌着青血，两只眼睛瞪成了铜铃铛。

桂嫂的男人说："青龙，杂种！你失了恋也不能欺负到俺头上来呀你。"

桂嫂的男人哈腰拾起一块鹅卵石。

桂嫂男人的手在空中扬了一下。

桂嫂说："娃儿他爸，你可别乱来呀你……、"喊声戛然而止。

一阵可怕的寂静。

倒下去的不是青龙，是桂嫂。倒在血泊中的桂嫂嘴唇动了几下，用手指了一下身旁的布包，就合上了一双秀气的大眼睛。

男人"哇"的一声号啕大哭。

布包里装着桂嫂从镇上供销社给男人买的一件西装上衣。另外还有一袋虎皮花生米。那是男人平日里最爱吃的下酒菜。

两年后，青龙当上了村主任。再后来，他先是成了镇上的"粮食大王"，后来，又被评上了县里的"果农状元"。村里好多人家都照着青龙的样子去做，家家庭院里比往日多了笑声。

闲时，青龙常一个人去桂嫂的坟前坐一会儿，他好像又听见桂嫂跟他说："俺想尝尝金子一样的日子是啥样的滋味。"

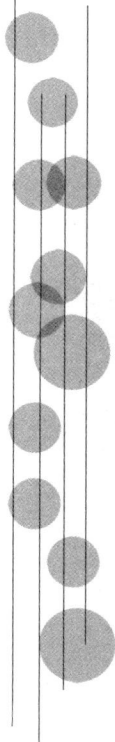

麦黄杏

瓶和岱是一对恩爱夫妻。忽一日，岱觉不适，去医院检查，竟是肺癌。回家后，岱强作笑脸，安慰瓶说："人横竖是个死，早走一天能咋？晚走一天能咋？我就是有些舍不下你呀，瓶！"

瓶未及开口，忍不住两泪长流，放声大哭。

瓶对岱说："咱治。借钱也要给你治好。医生说了，下个星期给你动手术，你可要挺住呀，岱！"

岱不说话，两眼定定地看着瓶。岱似有话要对瓶讲，想了半天，还是没忍心说出来。

月暗灯昏，泪痕如线。

瓶止住泪，哽着声儿说："看在夫妻一场的分上，想吃啥穿啥可要都说出来啊。"

岱打开窗，暖暖的南风扑面而来。是麦香味儿。正是麦梢儿发黄的时候，快要割麦了。

瓶在窗前站了老大会儿，明白了，南坡上水灵灵的麦黄杏熟了，连刮进来的风都是甜丝丝的。

瓶一夜未眠。男人苦了这么多年，地里来，泥里去，临了只是想吃几个麦黄杏啊。南坡那片杏林被李万承包了。当年李万和岱都想把瓶娶回家。最终，瓶还是选择了岱。结婚时瓶和岱去请了两次，李万都没来喝喜酒。去年，李万不知从哪请来的高手，嫁接后的杏树棵棵枝繁叶茂。听说李万跟南方一家中外合资的果品加工厂签了合同，今年的杏一个也不往外卖，全都运到南方，价格自然要比平常高好几倍。

瓶去南坡杏林找李万，想买几斤杏。

李万说："买杏咋？"

瓶没对李万讲实情，说："吃呗。"

李万说："不卖。今年的杏一个也不往外卖。"

瓶急了，求李万："我多给钱。"

李万冷冷一笑，说："你也有求我的时候？"

这时，几个在地里割草的女人也凑过来，李万看一眼瓶，然后从屋里提出一竹篮子水灵灵的麦黄杏，说："我这是用来打点关系的，干脆咱打个赌吧，你赢了，这篮子麦黄杏就归你了。"瓶想，今天豁出去了，搭上命也要把这篮子杏赢回家。别处的杏林都没有像李万那样请人嫁接过，要晚熟半个月呢。

李万指着杏林前一条不算太深的河说："你只要穿着鞋到河对岸，不准湿鞋湿衣服，更不准找人帮忙，也不能从桥上过，你只要能过去，就算赢了。"

几个割草的女人打抱不平："莫非插翅飞过去不成？瓶，莫听李万满嘴疯话。"

瓶望着眼前这条河，默默无语。

半晌，瓶挽起裤腿，慢慢跪在河里，靠双膝跪着往前爬。两只脚小心翼翼地翘起来，唯恐弄湿了鞋。一步，又一步，尽管河水不算太深，河里的碎沙子和鹅卵石却磨破了瓶的双膝，一缕缕的血丝从河中慢慢洇开。幸亏这条河不是太宽，瓶总算成功了。

也许是瓶的爱心感动了上苍，岱手术后，瓶天天陪着他去村外散步，专拣岱喜欢的饭菜做。稠的稀的顿顿不重样。家里的地里的，桌上的炕上的，所有的活儿都落在瓶身上。岱的脸一天天红润起来。瓶对岱说："千不图万不图，就图稀你能活着，你可要好好活着呀，岱！"

和岱一块儿做手术的几个患者相继去世，岱却活了下来。

第二年，又到了麦稍儿发黄的时候，岱和瓶早上起床后打开窗子，一股暖暖的南风吹了进来。岱发现窗台上放着一大篮子金灿灿水灵灵的麦黄杏，看样子是刚摘的，还带着露水珠呢。

车上的美女

打马路的对面开过来一辆淡蓝色的公交车。

车身上布满厚厚的灰尘。

看样子是一辆长途中巴。

在车厢中间的座位上坐着一位非常漂亮的美女。

美女的漂亮有点与众不同，真的不大好用语言来形容。她给人第一眼的感觉是漂亮中带着那么一点妖里妖气。等你沉下心来再看第二眼时，又给人一种妖气里蕴含着若有若无的端庄妩媚。等你再继续细细端详时，又会发现她的端庄妩媚里藏着一种让人怦然心动的娇羞。

没人记得清美女是什么时候上的车。也许是中途上的，也许是从发车的地方就上来了。这些并不重要。重要的是一车的人，不管是男是女，只要上了车，只要能在车上站稳，只要能稍稍地喘上一口气，就会迫不及待地要一眼一眼地看这位美女。

美女也许习惯了众人对她的极度关注，一点也没有沾沾自喜的表情，更没有为了排遣旅途寂寞，要和哪一个乘客搭讪说话的准备。

美女一直都在闭目养神。有时一个姿势坐久了，可能有些疲倦，她就会伸伸懒腰，抬手整一下像黑缎子样的秀发。美女在做这些小动作时，一直是小心翼翼的，生怕不小心会碰到身边的乘客。

慢慢地，车上的乘客，当然是指那些上来好大一会儿的乘客，都明白了一件事情：这个美丽端庄娇羞的美女，不希望别人和她说话，更不希望问她打哪儿来的啊？多大了啊？她的表情里多多少少有那么一点傲气。于是，大伙对这位美女敬而远之，除了在车厢里静静地欣赏她的不同寻常的美，没有一个人有勇气过来跟美女说话。

谁也不会想到的是，后来，不知是从哪个站台上来了一个乘客，这个乘客是个风华正茂的小伙子。人长得非常的帅。他上车后并没像其他人一样向

那位美女行注目礼，而是在看车窗外风景时，随便看了一眼美女。

也许美女看了一眼这位帅小伙，也许美女根本没回头看这位帅小伙。因为美女对异性，特别是年轻的异性，总是带着与生俱来的防范心理的。出人意料的是，这位小伙子后来竟一反常态，悄悄地给坐在他前面的美女递纸条。美女本来想揭发他，但美女想想，没有揭发，她只是装做无意间顺手把纸条扔掉了。没想到的是小伙子一点也没看出美女给他留着面子呢，竟又写了一张纸条递给美女。美女这次是真生气了。竟故意高高扬起手，把纸条扔掉。美女没想到的是小伙子的脸皮真的是太厚了，竟第三次写了纸条给美女。美女再也不打算理会小伙子了。小伙子下车前竟再一次给美女扔了张纸条，然后小伙子就下车了。

车继续往前开。

车上所有的人都不会知道小伙子为什么会下车。其实小伙子要去的地方不是这个站。他要去追一个中年男人。那个中年男人刚才偷走了美女放在行李架上的包。那个包里放着美女喜欢吃的零嘴。美女从包里拿过好几次糖果了。细心人会发现，包里一定是藏着贵重的东西，因为美女有时不拿零嘴吃时，也要把包拿下来，拉开拉链看一下，装作很随意的样子再把拉链拉上。不知为何，她身上背着一个小坤包，她却不把零嘴放在小坤包里。也许她怕小坤包容易招眼被人抢。

小伙子本来身体很棒的，可是他刚刚生了一场大病。下车后，他感觉浑身都很疲劳，但他依然扑向那个偷包的贼！结果是，他没能替那个美女夺回那个包，却被那个偷包的贼捅了一刀！

小伙子被过路的人送到了医院。

车上的美女把头伏在前车座的后背上睡着了。

美女在医院陪护病重的母亲，已经几天几夜没睡觉了。行李架上的包里放着两万元钱，那是她刚从亲戚家借来给母亲治病的救命钱！他听同病室的人说，带钱千万不要带在身上，就和吃的东西放一个包最安全。可她万万没想到，她今天却遇上了一个很老到的贼。

美女依然在车上睡着。好看的嘴角露着甜甜的笑意。刚才小伙子本来是要喊醒她的，可美女是那样的美，美得让人心疼，小伙子没舍得喊。因为小伙子刚才听见美女接过一个电话，他听出来了，这个美女下车后是要到一个医院的心脏病内科。好像那里有美女的一个什么亲人在住院。小伙子也是要到这个医院复查的。再有一站就到这个医院了。他想把包要回来后去医院还

给这个美女。

美女还在睡着，她的脚下有好几个纸团。

那些纸团里都写着同一句话："你的包有危险！"

也许美女梦见把这些钱交到医院后，母亲的病一天比一天好起来了。

就在美女在车上做着香甜的好梦时，她一点也不知道那个刚才从车上下来的小伙子因失血过多，永远合上了他那双明亮的眼睛。

端 米

泥结婚的头三天，还能老老实实在家守着水葱一般的新媳妇。三天后，泥就想找茬闹一阵。泥结婚前喜欢钻窝子。柳村的人都把赌钱说成钻窝子。泥听赌友说过，一开始就降伏不住老婆，这辈子就算完了。老婆就像一棵草，就是压在石头缝里，也照样黄了绿，绿了黄，是见风就长的东西。

新媳妇端米总是笑眯眯地做这做那，像捡了宝一样一天到晚就知个笑。小米饭熬好了，笑吟吟地问泥："稀哩？稠哩？"菜盛到盘子里，又总是先让泥动第一筷子，然后笑眉笑眼地问："咸哩？淡哩？"泥说："啰嗦个球！做点子饭还要给你三叩六拜当娘娘一样敬？"

端米就拿筷子闷头吃饭。泥吃着吃着，又觉心里挺对不住端米。泥说："小米饭，黏哩。"端米不吭声。泥又说："菜，香哩。"端米还是不吭声。泥就摔了碗，用手抱住头，伏在饭桌子上，说："端米，我难受呀端米。"

端米抚一下男人的头，扫干净地上的碎碗片。

泥说："端米，你不是一棵草。你就像个圆溜溜的皮球，让人想咬都没处下口。"

端米说："泥你想去哪就去哪儿。"

泥就又去钻窝子。输了牌就回家往外偷粮食卖。一次偷一布袋，瞅个空子扛出来。有一回脚底下走得急，绊在门坎上，摔青了半边脸。端米给他抹了红药水，说："你想往外扛就尽管扛。我不拦你就是。"泥就大了胆。泥后来干脆用盛过化肥的编织袋往外扛。有时候泥一个人往袋子里装粮食挺费劲，端米就过来撑起袋子口。泥就一瓢一瓢往里装。嚓，一瓢，嚓，又一瓢。快露缸底了。早先泥的娘活着时是从不让大缸底露出来的。娘对泥说过，这口大缸用了好几辈子了，还从没露过缸底。有时遇上灾年，就是吃糠咽菜啃树皮也不敢空缸底。泥拿瓢的手抖抖索索地像是抽了筋。端米提了一下袋子，说："还能装十来瓢哩。"泥真想一瓢头子砸在端米脸上。泥心里开始发

毛。泥的手在媳妇脸前像秋风中的枯叶一样抖个不停。端米又提了一下袋子，说："还能装两瓢哩。"泥就把瓢摔在了地上，用脚踩了个稀巴烂。泥说："端米你干吗非要这样？我连村长都没怕过呀端米。"端米说："你看见别人打老婆手痒哩。"泥说："我往后再去钻窝子就把两只手剁给你看。"

泥跟着端米上地里拔草。柳村的人看奇景一般，说："我老天，泥也下地干活了，泥的媳妇竟有这等能耐！"

泥干了一星期的农活，就又开始手痒，趁端米回家扛化肥的时候，泥就从地里跑了。泥赌输了就回到家里找菜刀。泥说："端米我要剁手给你看。"

端米正在剥花生，连眼皮都没抬一下。

泥扔了刀，从门后头拾起绳子，就把自家喂的狗给捆上了。眨眼功夫就把狗的两条前腿的脚趾头给砍了下来。

泥说："端米我要再去赌，就把我的两条腿砍给你看。"

泥还是管不住自己。泥再次赌输后，从菜板上拿起菜刀。泥说："端米我可砍腿了，我可真砍。"端米正蹲在鸡食盆前拌鸡食。泥伸手捉住一只芦花鸡，削去了一条鸡腿。

泥也有赢钱的时候。这时候泥就会老老实实地把钱递到端米脸前，说："端米，你看，是不？树叶还有相逢时，岂可人无得运时？"

端米远远地退到天井里，说："怕脏手哩。"

柳村的人常说，好人不睬泥，好鞋不踩屎。就有好事的人问："端米，你好好的，干么不跟泥散伙？"

端米说："人是会变的呀。"

"那干么不拦住泥？由着泥的性子去钻窝子。"

端米说："铁锁媳妇不就是因为拦男人被打残了胳膊？"

"你就不怕把家赌垮了？"

"家垮了，我还有条命。泥就是铁人钢人我也要把他暖化。"

大伙儿就叹气，说："自古骏马却驮痴汉走，美妻常伴拙夫眠。"

一个下着麻秆子雨的黄昏，泥正守着空了的大缸发愣，端米摇摇晃晃地像只落汤鸡一样跑回家。端米从怀里掏出二百块钱递给泥说："你现在只能用我的命去赌了泥，直到赌干我身上最后一滴血。"泥接过钱，票子里夹着一张抽血单，泥的头皮"轰"地响了一下，泥像个疯子，用小蒲扇一样的大手猛扇自己的脸，直到把脸扇成个紫茄子。

春天的时候，花草到处抽芽、开花。转眼之间，山上、树林、屋角，全都变了样。泥在镇上开了个钟表修理店，端米开了个服装加工店。钟表店的生意挺红火。十里八乡的人都想来看看出了名的泥怎么说变就变了呀。端米的服装店更是热闹，好多女人都想来看看端米是否有三头六臂。

　　就有人问端米有没有绝招，端米甜甜地笑笑，说："人这辈子要遇到好多难事，总不能事事都绕开走。只要豁上命，准行，说到底也就是一句话，水滴石穿罢了。"

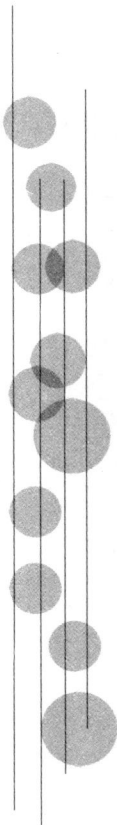

谁是我心中美丽的凤凰

发现自己有些反常的时候，我心里非常明白，这种反常现象万万不该发生在我这个快要退休的男人身上。在这个不大不小的城市里，我是个多少有点名气的画家。我的女儿上高中时因早恋自杀，妻为此生了场大病，治了那么些年，结局是瘫痪在床，并已丧失语言功能。好在妻还能用手写字，当她需要什么时，都会用笔写在纸上告诉我。妻从嫁给我后，就没享过一天福。一个穷画画儿的，日子能好到哪里去？我每天尽心伺候完妻，便静下心来画一些童年时想画的东西。我的心已经麻木了，只有靠回想童年的事情才能有激情作画。除了我的童年，也许这个世界再也不会让我激情澎湃了。可是，就在这时，料想不到的事发生了。在一次画展中，一位身穿黑衣黑裙的女子微笑着向我走来。坦白地说，她一点也不漂亮，身材矮小且单薄。

她说："你好。你就是赫老师吧？你的画真好，一个上午我都在看你的画。"

出于礼貌，我答应了她的请求，给了她一张我的名片。她说："我叫秦媚，也喜欢画画，可以拜你为师吗？"我也记不得当时是对她点头还是摇头。过了好些天，她打来电话，说想把画拿来让我给指导一下。说实话，来找我指导画的男男女女不计其数。等她站在我面前时，我想了半天也没想起她是谁。

她说："我叫秦媚。"

我忙说："想起来了。"

其实我在心里早把这个叫秦媚的女子忘得一干二净。她把画的画儿递给我看，我发现她非常喜欢画荷花。尽管画的不是很好，但透着一股灵气。以后秦媚常来让我指导她的画，时间长了，我发现秦媚不光画画儿有灵气，她本人就是一个极有灵气的女子。她的灵气在于她不光能心领神会理解我对她讲过的事，她还能理解好多我不想对人讲的心事。比如，她知道我一直想创作一幅能获大奖的作品，尽管我表面上把作品是否能获奖看得很淡。她还知道我对生活不能自理的妻一直充满感激，因为妻从未抱怨过我带给她的贫穷。妻是一个高干子女，我在妻的面前一直是自卑的，但我从未表现出来。这件事就连温柔的妻也未曾觉察出来，这足以说明我是个很会隐藏内心情感的男人。所以，当我发现自己有些喜欢秦媚时，也一直没表现出来。我想我这一生注定是个悲剧性的人物。

有一天，秦媚忽然对我说："我知道，你有一桩最大的心愿未了却，你想开一次个人画展。"

我说："没影儿的事。我一个快退休的糟老头子，开哪门子画展？"

说实话，我的内心深处，是那样的想在退休前开一次个人画展，可为给妻治病，已花光家中所有积蓄。我所在的单位（画院）是靠国家拨款，能定时发工资就不错了。虽然我知道开不成画展，但我却越来越离不开秦媚了。和秦媚在一起时，创作的欲望是那样的强烈。一连创作了好多作品，妻也为我感到由衷的高兴，脸上绽开了久违的笑。当我面对妻的笑脸时，却如同针扎般难受。妻并不知道，我的创作灵感和源泉都源于另一个女子。妻用笔告诉我她想到郊外住几天，那里，有一间破旧的平房，几年前我为画画儿专门买的。之所以喜欢那里，是因为那间旧平房离村子很远，前不着村后不着店的，非常安静，的确是个画画儿的好地方。房子的价钱更是便宜得连我自己都不太相信。我要陪妻一块去，妻执意不肯。妻要我腾出精力好好搞创作。我只好请一个钟点工陪妻去了郊外。说实话，我真有些舍不下秦媚。我已经深深爱上了秦媚。妻前脚走，秦媚后脚就过来了。秦媚拿来一份开个人画展的协议书让我签字，我感到事情来得太突然，开画展可不是件小事情。

我问秦媚："你从哪筹来那么多的钱？"

秦媚说："你到底想不想开画展？"

我说："想。"

秦媚说："那你就别再问那么多了，反正这钱不是抢来的，也不是骗来的。"

我看着秦媚，我是那样的爱这个女子。我没有理由拂她的一片好意。那几天我把全部的精力都投入到创作中。刚开始，画了几幅都不理想。我知道这是我最后一次的画展了，我总想把最美的作品展示给喜欢我的画的人，也献给秦媚，这个我在心中默默爱恋的女子。那晚，我做了一个梦。梦见了一只在火中腾飞的凤凰。醒来后已是下半夜。我再也无法入睡，那只凤凰在我眼前舞过来又舞过去的。我只好走进画室，一连画了七天，才把这只火中的凤凰画出来。在画完最后一笔的时候，我竟累得口吐鲜血，匍然倒地。当我从医院醒来时，这个世界已不是原来的样子。我的妻在我昏倒的那一刻，自己点燃了那间小房子，永远离开了我。据钟点工讲，妻非让她回来拿本书，说书就放在枕头下面。她骑自行车赶回家时却发现枕头下是一封遗书。我颤抖着手接过遗书，看完，我全明白了。原来秦媚的出现，画展的筹款，都是妻早就安排好的。妻的父亲去世时给妻留下了一笔钱，但妻从没告诉我，妻怕我又花在她身上。妻在信上说，不想再拖累我了，她是那样的爱着我，她知道我活得有多苦。她也是这个世上最懂我的人。她要我一定办好画展。要好好的和秦媚过日子。她说已托人了解过，秦媚也是个苦命的女人，也爱画画，会和我有共同语言的。在信的最后，妻说她要走了，要在一片火焰中离我而去。因为这些年她一直瘫痪在床，是我给了她那么多的温暖，她要在温暖的火中到另一个世界里等我。

画展办的非常轰动，特别是那幅名为"火中的凤凰"的画更是吸引了好多商人要出高价收买，都被我婉拒。我们画院的院长劝我把这幅画送到省里参评，同行里的人都说能获大奖已不在话下。

我争求秦媚的意见，秦媚流着泪说："这幅画的真正主人不是你，也不是我，你明白我的意思吗？"

我说："当然明白。怎么会不明白？"

我的画没送到省里参展。

在我家的客厅的墙上，就挂着那幅画，画的旁边是妻的照片。

听雪的残荷

呈现在荷眼前的是一片皑皑白雪。

荷的双腿颤颤的，荷跪下了。

荷不是跪给别人，荷是跪给她自己的。

荷要做一件对不住自己的事。

荷却一点也不恨自己。

雪花鸟儿一样扑闪着轻盈的翅膀，打着轻轻的唿哨，在荷的脸前飞来飞去。

荷把自己的脸深深埋在白雪之中。

荷穿着厚厚的绣花软缎棉袍。荷不想冻死，荷只是想冻伤自己的脸。荷本想用刀把脸划破，也想过用热水烫，但最后荷还是把自己的脸交给了雪。她要雪亲吻自己的脸，直到把自己吻成丑陋的女人。

荷从小喜欢雪。

荷听见了雪的赞叹："好美的女人啊。"

荷知道，世上的万世万物都会赞叹她的美貌。

荷记得当初米行老板的二公子第一次见她时也是这样赞叹她的。

二公子是要真心娶她的，结果米行老板就给了二公子一记耳光。

在这个镇上，私下里有一种传说：二公子的老祖爷爷的祖爷爷那一辈靠讨饭为生，后来总算娶了一个丑陋的女人做老婆。有一天，丑女人坐在灶前哭泣，因为锅里的水开了，丑女人发现米缸是空的。要是过一会儿男人回来也讨不到吃的，会很伤心的。她不想男人饿死。男人从不嫌她丑。正哭着，丑女人看见从房顶上哗哗地往开水锅里淌大米。眨眼间锅里的米就满了。丑女人往房顶上看，可满屋子都是袅袅热气，怎么看也看不清。丑女人也顾不得那么多了，忙用瓢把锅里的米舀到空了的缸里。丑女人刚舀完，锅里的米马上又满了。舀啊舀，丑女人的男人回来也想从锅里往外舀米，可锅马上就空了。丑女人又过来舀，房顶上的米又哗哗地往锅里淌。

男人就开了个米店。后来就成了方圆百里的大米行。

丑女人过世时，眼里噙着泪对男人说："你会很快把我忘了的。"

男人说："为什么？"

丑女人说："我长得那么丑，咱家现如今又有花不完的银子。"

男人说："你在九泉之下看着我吧。"

从那时就立下祖训：要想保住家业，米行的后人不准纳妾，更不准娶漂亮女人为妻。

不知传说是真是假，也不知米行的老祖宗究竟是出自何种原因，反正米行的男人娶的女人一代比一代丑，但米行的家业却越来越红火。

米行老板对二公子说："我也是男人，我也打年轻过来的，可祖训不可违。要么放弃家业；要么放弃荷。"

二公子既不想丢下这份家业，也不想丢下天仙一样的荷。

二公子茶不思饭不想，眼看就要快不行了。

荷是那样的爱二公子，荷不想因为自己毁了二公子的一生。

天明的时候，荷从一片白雪中走来时，荷已经不再是那个美若天仙的荷了。

米行的二公子又来找荷，怀里抱着一大兜荷最爱吃的雪梨。

当荷回过头来冲二公子微笑时，二公子怀里的雪梨滚了一地。

二公子揉揉眼再仔细看，平时这张令二公子百看不厌的脸，变成了世上最丑陋的脸。

二公子问："你为何要这样？"

荷说："我为何不能这样？"

"亏你想得出，把脸埋在雪里时，疼吗？"

"刚开始疼，疼得我心里一颤一颤的，几次想跑回来，可一想起你就撑下来了。"

"撑了一夜？"

"是。时辰少了不顶用的。"

"傻女人！"

"你是我的神。心里有神的女人什么都敢。"

"你知道我最喜欢你哪儿？"

"脸。"

"你把我最喜欢的东西给毁了。我这一生都恨你。我恨死你了。"

"你现在可以娶我了。"

"我永远都不会娶你！我改变不了祖训，但我一生都不会娶丑女人。"

"你?"

"我不想当穷人有错吗?"

"没。"

"我家祖祖辈辈都不敢违背祖训，我拗不过父亲有错吗?"

"没。"

"我喜欢漂亮女人有错吗?"

"没"

"你现在丑死了，我不喜欢你有错吗?"

"可我是……"

没等荷把话说完，二公子转身走了。

二公子走得很急，连头都没回一下。

下雪了。

荷又站在了那片皑皑白雪中。

荷想问问，是她喜欢二公子错了，还是二公子不喜欢丑女人错了。

不知满天飞舞的雪花对荷说了些什么。

荷沐浴在雪的淡淡冷香里，一直在静静地聆听。

一滴泪从荷丑陋的脸颊上轻轻滑落下来。

小 雪

　　小雪正在院子里喂鸡。瓢里白的是大米，黄的是玉米。小雪的手轻轻一扬，又一扬，鸡们就看见一道道优美的彩虹为它们降临。小雪脚前的一只红公鸡正引伸着长喙呼唤一只通体雪白的母鸡。咕咕咕，咕咕咕。一地的食物，红公鸡舍不得吃一粒。小雪就有些感动。

　　泪眼朦胧的小雪就那么一动不动地站在残阳的余晖中。这时候小雪的男人栓一脚跨进大门。

　　小雪说："栓，饭都凉了。

　　栓说："嗯。"

　　小雪的头发刚吹过风，像一朵正在美丽绽放的墨菊。高领的大红毛衣把小雪衬托得像个仙女。

　　小雪说："栓，你看看我的头发。"

　　栓连眼皮都没抬一下。栓正对着镜子系领带，栓的两只手忙活了半天也没把领带系好。

　　栓说："小雪，过来搭把手。"

　　小雪说："好好的，系哪门子领带？"

　　栓说："我干嘛不能系领带？"

　　小雪说："你就是脖子口系条金带也还是个攮瓦刀的工头儿。"

　　栓就不高兴，栓一脚踢翻了小雪刚摆好的饭桌。

　　小雪就拿眼看着院子里的梧桐树，那是一棵倾斜的半枯的梧桐树。前年小雪嫁过来时，这棵树曾经绿叶婆娑，生机蓬勃。

　　夜里，栓在睡梦中又一次呢呢喃喃地喊一个姑娘的名字。这个姑娘在建筑队里当会计。小雪就使劲晃栓。栓喝了酒，睡得死沉死沉。小雪就披衣下了炕。

　　小雪走出了院子。

　　夜凉如水。星斗已渐渐低沉。

小雪蹲在村头池塘边儿上，能听见鱼儿唼喋的声音。她的身子打摆子一样抖。她把十个手指使劲插进池塘的泥中。一阵钻心的疼痛使她不住地往嘴里吸气。淡淡的月光下，一缕缕鲜红的血丝正在水中慢慢洇开。池塘里草根错连，水草肥美。

小雪是在一个无风无雨的黄昏走回娘家的。她在那个黄昏里看见栓的摩托车后座上坐着一位好看的姑娘。姑娘长长的黑发飘成一面旗帜。这面旗帜刺疼了小雪的眼睛。

小雪的娘静静地听完小雪的哭诉后，问："栓打你没？"

小雪摇头。

娘又问："骂你没？"

小雪还是摇头，摇下一大串泪珠子。

娘说："栓没动你一手指头，你屈个甚？"

小雪说："娘，你不懂。你什么都不懂。"

娘说："娘这辈子不识字。可娘爱看古戏。戏文里说古时候打仗，主人负了伤，那战马就屈下前蹄，把主人一步一步驮回来，何况是人？"

小雪说："人是人，马是马。"

娘说："人和马是一个理儿，女人有时候就是马。"

小雪说："人是人，马是马。女人也是人。"

娘俩儿解衣而卧，但怎么也不能入眠。小雪听见邻居院里槽头的马在嚼着草料。

小雪是在一个下着鹅毛大雪的冬天提出分手的。那时候栓已经当上建筑队长。栓没想到小雪会主动提出和他分手。栓从心里感激小雪。那天，小雪正在村办服装厂里上班，栓就来了。厂长领着栓到车间找小雪。小雪正在踏缝纫机，"啪"一下，机针就断了。小雪的手指已被机针穿透，血就淌个不停。小雪扯下头上的丝巾包了手，接过栓手里的离婚协议书。血洇透了丝巾，小雪只好用左手一笔一画地签上自己的名字。栓把厚厚的一大把百元一张的票子硬是塞在小雪的手上。小雪的手在空中优美地扬了一下，栓的脸前就花花绿绿一大片。栓的车开走后，小雪一个人静静地站在院子里，冬日的寒风飕飕地吹过来，几乎要把人们脸上的皮刮掉。

车间里好多女工围拢过来："小雪！小雪！"

小雪的嘴角溢着淡淡的笑意，大伙帮她把手上的丝巾解下来，洁白的丝巾已被血染红，像几朵怒放的腊梅。

小雪是在第二年的春天出嫁的，她嫁给了外县的一个矿工。小雪临上喜车时，娘粗糙的手在脸上一抹，抹去了一脸老泪。娘说："小雪，你这一走就离家好几百里地，往后要再遇到什么事，跟前连个说话的人都没有。"

小雪说："娘，你过来。"

小雪把手从车窗里伸出来，轻轻地在娘头顶上拨拉了一阵子，就给娘拨下了了一根白头发。喜车开出去没多远就停下来了，前头一群黑压压的人把马路堵上了。小雪透过密密麻麻的人群看见了戴着手铐的栓被押上了警车。人群里有人说："这家伙的心太黑，上百万的公款，他也敢掖进自己的腰包。

喜车和警车擦肩而过。

倏地，小雪看见一只乌鸦鸣叫着在空中低低地飞来飞去。鸦背上驮着残阳的余晖。小雪的脸上凉凉的，用手一抹，竟是两行眼泪。